딕스전기

FANTASY FRONTIER SPIRIT

봉사 판타지 장편 소설

DIX SAGA

딕스전기 7

봉사 판타지 장편 소설

초판 1쇄 찍은 날 § 2014년 12월 31일
초판 1쇄 펴낸 날 § 2015년 1월 7일

지은이 § 봉사
펴낸이 § 서경석

편집부장 § 권태완
편집책임 § 박용서

펴낸곳 § 도서출판 청어람
등록번호 § 제387-1999-000006호
등록일자 § 1999. 5. 31
어람번호 § 제1-2017호

주소 § 경기도 부천시 원미구 부일로 483번길 40 서경B/D 3F (우) 420-822
전화 § 032-656-4452 팩스 § 032-656-4453
http://www.chungeoram.com
E-mail § chungeorambook@daum.net

ISBN 979-11-04-90047-1 04810
ISBN 979-11-316-9163-2 (세트)

봉사 판타지 장편 소설

FANTASY FRONTIER SPIRIT

딕스전기

7

DIX SAGA

도서출판 청어람

CONTENTS

딕스전기

DIX SAGA

제1장

무시무시한 고용인

카페니스 제국과 남부의 강국 테일리 왕국은 곡창지대인 오리온트 평야를 서로 차지하기 위해서 오랫동안 심혈을 기울이며 싸워왔다.

그러했던 이들의 이 오랜 영토 분쟁은 최근 양국의 국혼을 맞아 변화했다.

제국은 과감하게 오리온트 평야를 테일리 왕국에 예물로 넘겨주었다.

이처럼 한쪽이 전격적으로 양보하자 그간 서로 싸우면서 쌓여온 양국의 골도 차츰 메워졌다.

양국의 국혼은 번갯불에 콩 볶아 먹듯 빠르게 진행됐다.

테일리의 공주는 결혼을 위해서 기사와 병사들의 호위를 받으며 조국을 떠나 제국으로 넘어갔다.

제국은 테일리 왕국의 공주를 크게 환대하며 그녀를 황도까지 호위했다.

하나 이들의 평화와 타협의 시간은 오래가지 않았다.

안타깝게도 테일리 왕국의 공주가 피살당했기 때문이었다.

테일리의 공주가 살해당했다!

공주가 제국인에 의해 죽임을 당했다!

책임을 제국의 황제에게 물어야 한다!

대륙 남부에서 발생한 이 사건은 빠른 속도로 대륙 전역으로 퍼져 나갔다.

로리엔 폰 테일리!

누가 그녀를 암살했는지 배후가 드러나는 순간 그 배후의 운명은 보지 않아도 끝장일 게 뻔했다.

오해의 중심에 선 제국도 별렀고 테일리 왕국도 단단히 벼르고 있었다.

제국의 황제가 선언문을 발표했다.

짐의 강역에서 감히 테일리 왕국의 공주를 살해한 자는 그가 개인이든, 혹은 집단이든 응징을 면치 못할 것이다.

뒤이어 테일리 왕국의 국왕의 선언도 뒤따랐다.

아국과 제국과의 전쟁을 바라는 자들이 있다. 그가 누구인지는
모두가 알 것이다. 하나 이러한 추측만으로 본인의 슬픔을 분노로
폭발하지는 않겠다. 아국과 제국은 협조해 범인을 잡을 것이며 슬
픔을 함께 겪은 양국의 우정은 더욱 튼튼해질 것이다.

서슬 퍼런 양국의 칼끝을 모두가 두려워하고 경계하지 않
을 수 없었다.
불길한 기운이 삽시간에 대륙 전역을 휘감았다.

*   *   *

끔찍하고 거대한 화마가 휩쓸고 간 콜리튼 시 서쪽.
뚝딱, 쿵쿵쿵, 탕탕탕.
슬픔, 분노, 자괴감이 만개했던 까만 잿더미 위로 희망이
하나둘 들어서고 있었다.
시는 이번 화재 사건을 적극적인 자세로 조사했다.
조사 과정은 철저하고 신속했다.

이는 이례적인 행보였다.

하나 그 속을 자세히 들여다보면 관료들은 이럴 수밖에 없었다.

왕의 의동생이자 젊은 나이에도 불구하고 놀라운 실력을 가진 마법사가 이번 일을 예의 주시하고 있었기 때문이었다.

이번 화재는 탐욕스러운 자들이 재개발사업의 이익을 노리고 저지른 참극임이 밝혀졌다.

모르긴 해도 딕스라는 존재가 관료들을 정신적으로 압박하지 않았다면 이번 화재 사건은 어영부영하다 시간과 함께 묻혔으리라.

"에구구구……."

숙취와 무리한 마나 운용이 낳은 결과로 딕스는 어쩔 수 없이 콜리튼 시에 머물고 있었다.

이것이 콜리튼 시의 관료들을 긴장시킨 장본인의 실제 모습이다.

도시의 시장과 관료들을 비롯해 이곳에서 행사깨나 하는 귀족과 상인들이 줄줄이 그를 찾아왔었다.

다른 날 같았으면 이 모든 자들이 다 돈으로 보여서 크게 환영했을 테지만 제 몸 상태가 이 지경이다 보니 돈보다는 휴식이 더 절실해서 사람들의 방문을 거절했다.

이 일이 와전되어 콜리튼 시의 관료들은 이번 화재 사건 조사에 적극적으로 뛰어들었다.

"술은 너에게 독이로군. 따지고 보면 술도 물이라고 볼 수 있는데 말이야. 호오."

"말 시키지 마라. 죽기 일보 직전이니까."

사실 마나 운용에서 문제만 발생하지 않았다면 그가 이처럼 숙취로 괴로워하는 일은 없었을 것이다.

이를 알고 있었기에 딕스 본인 역시 자신이 이처럼 괴로워하는 배경을 룩센이라 여겼고 이 모든 책임을 그가 져야 한다고 생각하고 있었다.

싫은 놈이 더 싫은 짓을 했으니 어찌 좋게 보이랴.

'내가 몸이 가루가 되는 한이 있더라도 열심히 해서 너만은 잡고 만다! 으드득. 기다려라, 룩센! 내 청춘을 활활 태워주마.'

하지만 그건 훗날의 일이고 당장은 괴로워서 미쳐 버릴 것만 같았다.

우욱!

딕스 개인에게 있어서는 무척이나 괴로운 시간이었지만 이곳 시민들에게는 정의가 실현된 몹시 통쾌한 사건이었다.

이번 일로 딕스는 일약 콜린트 시 최고의 유명 인사로 등극했다.

정작 당사자는 괴로움과 원한에 시름하며 지내고 있었지만.

"말투에 힘이 실려 있군. 하루 이틀이면 정상으로 되돌아오겠어."

"제발 좀 가줘라. 왜 네 방 내버려 두고 내 방에서 이러는데? 나, 혼자 있고 싶다고!'

딕스의 강도 높은 축객령에 룩센은 한동안 침묵했다.

섭섭함을 느끼는 걸까? 아니면 불쾌감을 느끼는 걸까? 룩센의 침묵에 딕스는 섬뜩함을 느낀다.

저 침묵. 저것은 자신이 너무 기어오르는 것을 느끼고 처벌에 대해서 심각하게 고민하는 것은 아닐까?

움찔.

숙취로 괴로운 이 와중에도 긴장감이 이 몸뚱이 어딘가에 남아 있었던지 그 순간 고개를 발딱 세운다.

하나 이것도 얼마 가지 못했다.

"우욱, 욱. 웩."

구토가 쏠렸기에.

콸콸콸콸.

화장실로 뛰어갈 여유도 없이 바닥에다 토를 하고 말았다.

누가 보면 불치병을 앓고 있는 위기의 중환자로 볼 것이다.

룩센은 언제 이동했는지 문가에 서 있었다.

술주정뱅이치고 룩센은 의외로 깔끔한 구석이 있는 녀석이다.

딕스가 게워낸 이물질(?)의 파편이 제 로브에 튀었는지 꼼꼼하게 확인한 룩센이 안도감이 깃든 음성으로 말했다.

"더럽게. 네가 환자니까 이해해 주시. 나가달라고? 원한다면 그러지. 나도 널 보고 있으면 속이 편치 못해서 말이야. 대신 조건이 있다."

"뭐, 뭐냐?"

녀석이 제 입으로 나가준다고 하니 당장은 고맙다.

조건이란 말이 마음에 걸렸지만 이를 따지고 싶은 마음도, 여력도 당장엔 없었다.

휴식이 절식했다.

탄탄대로와 같았던 자신의 인생에 왜 저딴 녀석이 툭 끼어 들어 와서 태클을 걸까.

하늘을 올려다볼 수 있는 힘만 있다면 당장 욕 한 바가지를 쏴줄 텐데.

"돈이 필요해."

룩센의 당당한 요구.

순간적으로 화가 머리끝까지 치민 딕스는 벌떡 일어나서 그의 멱살을 잡으려고 했다.

하지만 그가 잡은 것은 허공이었다.

잠깐의 방심도 없는 완벽한 녀석이었다.

딕스는 괴로운 표정으로 다시 침대에 쓰러졌다.

"…어, 얼마나? 아니, 왜? 네가 가져간 돈이 한두 푼도 아니고… 설마 그걸 다 쓴 건 아니지?"

부들부들.

딕스는 온몸을 사시나무처럼 떨어댔다.

그러다 곧 체념했다.

인생이 원래 이렇다.

약자란 때리면 맞고 빼앗으려고 하면 빼앗겨야 한다.

언젠가는 반드시 대갚음할 날이 올 것이다.

빠드득.

"다 썼다."

"이… 개, 개… 끄응, 얼마면 되는데?"

욕설이 목구멍까지 치밀었지만 딕스는 눌러 참았다.

어차피 줘야 한다면 제 몸 괴롭게 하면서 주느니 차라리 적선하는 셈치고 주는 게 낫다.

"한 장만 줘."

이 애매한 금액은 뭘까? 한 장이라니. 대체 그 한 장이 얼마일까? 휴식이 필요한 환자에게 돈을 요구하는 악독한 놈.

놈이 사채업을 한다면 그에게 돈을 빌린 자는 십대가 알거지가 되지 않을까 싶다.

그 순간 딕스는 자신을 방문하려다가 못 보고 돌아간 콜리튼 시의 인사들을 떠올렸다.

조만간 그들의 방문을 유도해야 할 필요성이 느껴졌다.

뼈에 사무치게 절감한다.

수입 없는 지출은 망국병이기에.

"백만!"

이 말을 듣는 순간 딕스는 피가 거꾸로 솟구쳤다.

초인적인 힘이 발휘됐다.

100만이란 금액은 물가가 비싸기로 소문이 자자한 공국의 수도에서도 50만 가구—4인 기준—가 한 달을 생활할 수 있는 금액이다.

한마디로 200만 명이 한 달을 살 수 있다는 소리다.

돈 잡아먹는 블랙홀.

"네, 네가 인간이냐? 전에 가져간 그 돈은 어쨌는데? 어쨌는데 지금… 내게 삐, 삥을 뜯는 거냐?"

"썼다."

"루, 룩센."

"……?"

"우리 인간적으로 진지하게 대화 좀 하자. 그래, 뭐 돈이야 쓰려고 버는 건 맞아. 맞지만! 쓰는 것도 정도란 게 있다. 그리고 수중에 돈이 있다고 막 써봐라. 나중에 늙으면 비가 오나 눈이 오나 덥거나 춥거나 먹고살기 위해서 고물 줍고 다니는 신세 면치 못한다. 당장 밖에 나가봐라. 하루 1실버 벌겠다고 눈에 핏발 세우고 사는 사람이 수백, 수천만이다. 넌 그런 사람들에게 부끄럽지도 않냐?"

이 순간 딕스는 병마저 이기고 힘찬 장광설을 늘어놓았다.

인간적으로 100만 골드는 너무한 처사다.

차라리 자신의 목을 가져가라! 이러고 싶었지만 차마 그 말은 할 수 없었다.

그 말을 끝낸 순간 자신의 수급이 녀석의 수중에서 공처럼 놀아날 것 같아서였다.

룩센은 간곡한 그의 말을 귓등으로 듣는지 예의 그 무심한 어조로 딱 한마디 덧붙였다.

"이건 정당한 요구다."

딕스는 자신의 귀를 의심했다.

방금 자신이 잘못 듣지 않았다면 룩센은 자신에게 100만 골드를 달라고 하면서 '정당한 요구!'라는 단어를… 감히! 사용했다.

대체 '정당하다!'라는 이 말을 저 잡놈은 알고 쓰는 걸까? 알고 쓰면 데일, 그 개자식보다 더 나쁜 놈이고, 모르고 쓰면… 그래도 나쁜 놈이다.

스프링처럼 다시 벌떡 일어난 딕스는 룩센의 먹살을 잡으려 했다.

인간의 한계가 어디까지인가? 그 미지의 영역을 끊임없이 발굴해 나가고 있는 딕스였다.

먹살잡이가 '또 실패하겠지'라는 생각을 딕스는 했다.

하지만 웬걸, 이번엔 룩센의 먹살을 딕스는 잡을 수 있었다.

"……?!"

이 기적 같은 일에 딕스는 그만 당황하고 말았다.

지금은 녀석이 얌전한 고양이처럼 행동하고 있지만 언제 어느 때 이빨과 발톱을 드러낼지 모른다.

어디로 튈지 전혀 예상할 수 없는 그런 놈의 멱살을 잡았으니.

두근두근.

소심해진 딕스의 심장은 이 순간 불안감을 못 이겨 격렬하게 뛰기 시작했다.

"원하던 멱살 잡았으니 소감 한마디 해봐."

딕스가 운이 좋은 게 아니었다.

룩센이 그냥 한번 잡혀줬을 뿐이다.

안쓰러운 마음에서? 설마.

"여기, 먼지가 있어서⋯⋯."

툭툭.

재빨리 멱살을 풀어준 딕스는 침대에 도로 누웠다.

그리고 한참을 앓는 소리를 냈다.

룩센은 이 모든 걸 묵묵히 지켜보기만 했다.

침묵이 다시 시작됐다.

그 시간은 꽤나 오랫동안 이어졌다.

딕스는 침대가 바늘방석처럼 느껴졌다.

"그런데 왜 네가 내게 돈을 달라는 게 정당하다는 거냐?"

패장의 비감이 딕스의 목소리에서 느껴진다.

"내 인건비니까."

머엉.

한동안 딕스는 할 말을 잃고 말았다.

그리고 그는 치열하게 생각했다.

자신이 언제 녀석을 고용했을까?

아무리 기억을 더듬어도 룩센을 고용하겠다고 말한 적이
단 한 번도 없다.

그런데 지금 녀석이 멋대로 자신을 고용주로 만들고 뻔뻔
하게도 인건비를 요구했다.

이건… 신종 삥 뜯기가 분명하다.

"내가 널 고용했다고? 언제?"

"…아닌가? 아니면 이 자리에서 너와 나는 적이 된다."

룩센에게서 생생한 살기가, 진지한 살의가 물씬 풍긴다.

이런 건 장난으로 받아넘기기가 힘들다.

왜냐? 룩센은 파악이 불가능한 비상식적인 녀석이기 때문
이다.

딕스는 100만 골드를 녀석에게 줄 수밖에 없었다.

가련한 고용주, 딕스.

뜻을 이룬 룩센이 나가려 했다.

이런 그를 딕스가 급히 부른다.

"백만 골드… 그거 연봉이냐, 월급이냐?"

"필요하면 또 말하겠다."

탁.

문 닫히는 이 소리가 마치 하늘이 무너지는 소리처럼 들린다.

필요하면… 필요하면……!

이 말이 이처럼 무서운 말일 줄이야.

'차라리… 내 배를 째라고 할까?'

그런데 자신이 지나치게 룩센에 대해서 앞서 가는 생각을 하는 게 아닐까? 실제의 녀석은 말이 통할 수 있는 녀석일지도 모르잖은가? 한번 진지하게 배 째라고 해?

도리도리.

아니다.

말은 한 번 입 밖으로 내뱉으면 씹어 먹을 수 없지 않은가.

"아우… 죽것네. 우에에엑!"

*   *   *

싱그로아 왕국 왕성.

안소니 폰 싱그로아는 명군으로 불리는 젊은 왕이다.

건전한 철학으로 무장한 성실한 그의 국정 운영은 싱그로아의 내실을 튼튼하게 다지는 데 있어 중요한 견인차 역할을 하고 있었다.

하나 이 왕국을 다스리는 국왕 안소니의 마음은 가시방석에 앉은 듯 편치 못했다.

"홉킨스 공작, 제국의 동태는 어떠하오?"

홉킨스 반 데크샤이. 그는 싱그로아 왕국의 정보기관인 '검은 이슬'의 수장을 맡고 있는 인물이다.

또한 그 개인은 소드마스터이기도 하다.

로리엔 공주의 암살 사건으로 모든 나라의 정보부는 온 힘을 다해 이 사건을 파헤치는 데 전력을 다하고 있었다.

이들이 이처럼 촉각을 곤두세우는 이유에는 제국이 이 일을 북부 동맹에 전가시킬 수 있다는 우려를 하고 있었기 때문이다.

"제국에 관해선 북부 동맹국 중 풀 공국의 정보부인 검은 부엉이가 뛰어나지요. 그들을 통해 입수한 정보에 의하면 이번 사건을 북부 동맹에 전가시킬 기미는 현재로썬 없습니다. 일단 사건이 발생한 지역이 남부이다 보니 그 주변국들을 우선적으로 의심해 탐문한다고 하더군요."

"그렇다면 다행이지만… 놈들을 당최 믿을 수가 없으니."

"전하, 동맹국의 모든 정보부가 합심해 노력하고 있습니다. 그러니 심려는 내려놓으십시오. 제국이 강하다고는 하나 저희 북부 동맹의 결집된 저력도 결코 그들에 비해 뒤떨어지지 않습니다."

"하아, 알겠소. 참, 딕스는 아직도 콜리튼에 머문다고요?"

안소니 국왕은 딕스가 싱그로아에서 해준 일들을 정보부에서 보고받고 몹시 기뻐했다.

그가 자신을 친형처럼 여기지 않고서야 어찌 그 힘든 일을 타국에서 자처하겠는가.

이에 딕스가 오면 단단히 한턱 쏘겠다며 벼르고 있는 안소니 국왕이다.

"그렇습니다. 딕스 경으로 인해 전하의 명성까지 더불어 백성들 사이에서 높아지고 있습니다. 참으로 든든한 의동생을 두신 듯하옵니다, 전하."

"하하하, 내 사람 보는 안목이 높지 않소. 어쨌든 그 아이가 5서클의 마법사라니… 정말 놀랍지 않소? 뮬 공국에 대운이 든 것이 아니겠소."

홉킨스 후작은 그의 말에 동의했다.

17세에 불과한 소년이 5서클의 경지에 들었다.

이는 역사에 길이 남을 엄청난 사건이다.

더욱이 그의 나이를 생각할 때 앞으로의 발전 가능성도 무궁무진했다.

"전하, 딕스 경이 욕심나지 않으십니까?"

"내 어찌 욕심이 없겠소. 후작도 알다시피 내 인재를 향한 욕심은 누구에게도 안 뒤질 사람 아니오. 하지만 내 그를 뮬에서 뺏는다면 엘리자베스 공주를 볼 낯이 없지 않겠소. 더욱이 나와 그가 의형제라면 엘리자베스 공주와 그는 의남매라 하지 않소."

"흠, 전하께선 필히 엘리자베스 공주님을 왕비님으로 맞이

하셔야겠습니다."

홉킨스 후작이 반달눈을 하며 웃자 이에 안소니 국왕이 대소를 터뜨렸다.

"하하하하! 내 전력을 다해 노력해 보리다. 그리고 이참에 딕스에게 공주와 나를 이어줄 매파직을 맡길 생각이오."

"오! 그것 참 괜찮은 생각이십니다. 엘리자베스 공주님과 딕스 경이 의남매로 그 친분이 두텁다고 하니 공주님도 전하의 청혼을 반드시 긍정적으로 생각하실 겁니다."

군신은 복잡한 국외 정세를 잠시 내려놓고서 한담을 나누었다.

이들이 이처럼 편안한 시간을 보내고 있는 그 시간…

도시 콜리튼으로 불길한 그림자가 들어서고 있었다.

땅의 오메가(Ω) 스키어, 물의 델타(Δ) 아이나.

천벽의 두 그림자 마법사가 싱그로아의 도시 콜리튼으로 잠입했다.

대화재로 인해 어수선한 감이 없지 않았으나 이들에게 도시의 분위기 따위는 애초부터 중요하지 않았다.

두 사람은 룩센을 잡을 방법을 상의했다.

도시에 암약 중인 제국의 정보원을 통해 딕스와 룩센의 상황을 전해 들었기에 둘은 곧 일에 착수했다.

스키어는 룩센의 발목을 잡아두기로 했고, 아이나는 딕스의 납치를 맡았다.

남녀는 각자의 임무를 해결하기 위해서 흩어졌다.

"아이고, 감사합니다. 정말 감사합니다, 나리."

룩센은 화재로 큰 피해를 입은 서민들을 구제하기 위한 재건 사업단에 600만 골드를 쾌척했다.

물론 이 돈은 딕스의 호주머니에서 강탈한 것이다.

"나에게 감사할 필요 없다. 딕스 경이 내는 것이니까."

"아! 그 물의 마법사님 말씀이시군요. 이런, 이렇게나 고마울 데가. 신의 은총이 가득하길 저희 모두 밤낮으로 빌겠습니다요. 감사합니다. 진정… 감사합니다."

이 도시에서 행사깨나 한다는 자들 역시 주변의 시선을 의식해서 성금을 내놓았다.

그들은 100에서 200골드를 내면서 생색이란 생색은 다 냈었다.

뻔뻔한 그들에 비해 딕스라는 이 마법사는 천문학적인 거액의 성금을 쾌척하고도 별다른 요구 사항이 없었다.

그러니 귀족들과 부자들에게 환멸을 느꼈던 자원봉사자들은 딕스가 더욱더 대단하게 보였다.

정작 당사자는 룩센에게 삥 뜯긴 사실에 분개해 그 아픈 몸으로 침대에서 길길이 날뛰고 있었지만 어쨌거나 딕스의 이름은 사람들의 마음속에 노블레스 오블리주의 대명사로 자리 잡았다.

성금을 전달한 룩셴은 곧 사무실을 나섰다.

그때 퍼석한 모래가 룩셴의 몸에 부딪쳤다.

공사 현장에서 날아온 모래인가 싶어 이를 대수롭지 않게 여기며 옷을 털려던 룩셴은 순간 멈칫거렸다.

"스키어?"

그의 중얼거림이 끝나자마자 이를 기다렸다는 듯이 채찍처럼 유연한 줄기 같은 것들이 룩셴을 향해 쾌속하게 날아들었다.

채찍은 모래로 만들어져 있었다.

이 모래는 보통 사람들이 생각하는 그런 유의 모래가 아니었다.

알갱이 하나하나가 강력한 살상력을 지닌, 그 자체가 흉기였다.

그 모래 줄기가 룩셴의 몸을 꿰뚫었다.

하나 그건 룩셴의 본신이 아니라 그의 잔상에 불과했다.

룩셴이 원체 빠르게 움직이다 보니 본신과 잔상의 구분이 어렵다.

그에 대해 모르는 자라면 자신이 이겼을 것이라고 생각할 것이다.

하나 룩셴에 대해서 조금이라도 아는 자라면 더욱더 긴장해야 할 순간이다.

스키어란 자는 룩셴에 대해서 알고 있는 인물이었다.

"스키어군."

룩센의 음성이 예의 그 자리에서 멀찍이 떨어진 곳에서 흘러나온다.

암습을 당했지만 룩센의 음성은 평소와 다름없었다.

"흐흐, 오랜만이군, 룩센."

사방에서 모래 알갱이가 한곳으로 날아와서 뭉쳐진다.

덩어리는 점점 커졌다.

얼마 후 그 모래 덩어리는 인간이 되었다.

두 눈이 휘둥그레질 만큼 놀랍고도 기묘한 현상이 아닐 수 없었다.

모래가 인간이 되다니?

엄청난 괴사를 목격하고도 룩센은 흔들리지 않았다.

"귀찮군."

"다시 돌아올 생각은?"

"그냥… 시작하지."

"흐흐, 그럴 줄 알았다, 룩센. 그래야 룩센답지."

룩센은 낮은 담장 위에 서 있었다.

그를 향해 지면에서 모래의 촉수가 솟구쳐 올라 그를 휘감으려 했다.

누군가에게 있어 이는 무시무시한 공격이겠지만 룩센에게는 애들 장난에 지나지 않았다.

스팟!

룩셴의 장기인 공간 질주가 담장 위에서 펼쳐졌다.

모래는 그를 놓쳤다.

사라진 그의 신형은 스키어의 바로 옆에서 나타났다.

흠칫!

괴물 같은 능력의 소유자들에게도 룩셴의 공간 질주는 맞서기 꺼림칙한 기술이었다.

룩셴의 단검이 스키어를 찌른다.

그곳은 치명적인 부위다.

스르륵.

스키어는 당황하지 않았다.

예상하고 있었다.

녀석은 자신의 본신을 모래 알갱이로 만들었다.

룩셴의 공격은 실패로 끝이 났다.

두 사람의 싸움 방식은 전무후무했다.

공격에 실패한 룩셴은 그 자리에서 홀연히 자취를 감추었다.

모래 알갱이로 변모한 스키어는 하늘로 올라갔다.

그러곤 몸을 넓게 펼치더니 황색의 구름이 되어 지상을 뒤덮었다.

우우우우우우우—웅!

모래의 먹구름이 거칠게 몸을 뒤틀었다.

그러자 소낙비처럼 모래로 만들어진 표창이 쏟아졌다.

촤아아아악!

인간의 힘으로는 도저히 벗어날 수도, 피할 수도 없는 공격이었다.

하나 상대는…

콱콱콱콱!

스키어의 공격은 실패로 끝이 났다.

룩센이 자취를 감춘 그 주변에는 모래의 표창이 빽빽하게 박혀 있었다.

스스스스슷!

스키어가 지배한 공간에서 멀찍이 벗어난 룩센의 후드 안 얼굴이 찡그려진다.

'오늘 중으로는 돌아가지 못하겠군.'

룩센과 스키어.

두 사람의 장기로는 서로에게 치명상을 입힐 수 없었다.

끝까지 버티는 자, 그자가 싸움의 승자가 되는 것이다.

이는 그림자 마법사들의 특징이기도 했다.

콰드드득, 콰콰콰콱!

사방으로 땅이 파이고 담장과 가옥이 쓰러지고 무너진다.

이 때문에 발생한 먼지와 굉음이 시민들을 공포에 떨게 만들었다.

이곳이 시내 중심가는 아니지만 사람들이 많은 민가 지역이다.

두 사람의 싸움은 고스란히 이곳에 거주하는 시민들에게 돌아갈 수밖에 없었다.

모래의 칼날이 회오리치면서 주변을 휩쓴다.

휘이이이이잉!

"으억!"

"뭐, 뭐야?"

"도망가!"

"으아아악!"

멋모르고 찾아온 자들에게 죽음의 재앙이 떨어졌다.

모래의 회오리에 휩쓸린 사람들의 몸은 순식간에 미세한 입자가 되어서 흩어져 버렸다.

파라라락!

황색의 회오리는 인간의 피와 육편을 통해서 새로운 육신을 형성했다.

주변을 둘러보던 룩센은 즉시 이 전장에서 이탈했다.

"크하하하하하! 꼬리를 내린 것이냐! 가소롭군. 가소로워!"

기고만장한 스키어는 룩센의 뒤를 쫓으며 공격의 강도를 더욱더 높였다.

이대로 가다간 도시 하나가 사라질 것만 같았다.

녀석의 공격은 룩센을 명중시키지 못했다.

두 초인의 충돌이 발생한 일대는 평범한 자들에겐 그야말로 끔찍한 지옥이었다.

쿠아아—앙!

"크아아아악!"

"꺄아아아아아—악!"

"어, 엄마! 으앙앙앙."

와르르.

몸도 아프고, 신경질도 나고, 딕스는 이래저래 죽을 맛이었다.

칼슨 백작이 끙끙 앓고 있는 딕스를 찾아왔다.

딕스의 안색을 본 칼슨 백작은 깜짝 놀랐다.

곧 죽어도 이상하지 않을 만큼 안색이 극도로 좋지 않았기 때문이었다.

이렇게까지 그가 심하게 앓고 있는지 몰랐던 칼슨 백작은 크게 당황했다.

백작은 손수 끓여온 수프를 그에게 내밀었다.

"감사합니다, 백작님."

"아닙니다. 그보다 몸은 어떠십니까?"

"하루 이틀 지나면 괜찮아질 겁니다. 저 때문에 일정이 늦어져서 죄송합니다, 백작님."

칼슨 백작이 보기에 딕스의 병(?)은 고작 하루 이틀로 나을 병세처럼 보이지 않았다.

"아닙니다. 병이 어찌 예고하고 찾아오겠습니까. 다만 후에라도 스스로의 주량을 생각해 드시길 바랍니다. 약도 과하면 독이 됩니다. 그리고 일정은 신경 쓰지 않으셔도 됩니다."

백작의 말에 딕스는 쥐구멍이라도 찾아 들어가고 싶었다.

하지만 자신을 받아줄 쥐구멍이 있을 리 없다.

딕스는 복잡 미묘한 표정으로 고개를 끄덕이며 수프를 떠먹었다.

입맛을 잃어버렸기에 수프의 맛조차 그는 느끼지 못했다.

백작의 성의를 생각해서 억지로 다 먹은 다음 그는 빈 그릇을 내밀었다.

"입맛은 있으셔서 다행입니다."

"맛이 좋았습니다."

"언제든 말씀해 주십시오. 또 만들어 드리겠습니다."

"감사합니다. 좀 쉬고 싶군요."

"몸조리하십시오. 그럼."

백작을 돌려보낸 딕스는 물먹은 솜처럼 무거워진 몸을 눕혔다.

따뜻한 음식을 먹어서 그런지 속이 조금은 편안한 느낌이 들었다.

한숨 자고 일어나면 괜찮을 것 같았다.

스르륵.

때마침 잠도 몰려오고.

"안녕."

잠이 들었던 딕스는 누군가의 목소리를 들었다.

그는 이를 환청으로 여겼다.

이 방에는 자신 이외에 아무도 없었기에.

'꿈을 꾸는 걸지도?'

그가 들은 것은 결코 환청도 꿈도 아닌 현실이었다.

친절한 목소리는 볼멘소리로 변했다.

"손님이 왔는데 이불을 뒤집어쓰다니. 넌 예의가 없구나."

'어라? 환청 아닌가?'

이불을 내린 딕스는 방 안을 쭉 살폈다, 눈뜨기가 정말 싫었지만.

사방을 둘러봐도 자신에게 말을 건 사람은 어디에도 없었다.

몸 상태가 그나마 나아졌다고 생각했더니 아닌가 보다 하는 생각에 다시 눈을 내리감았다.

갑자기 머리가 지끈거린다.

뇌가 머릿속에서 깡통처럼 굴러다니면서 여기저기 부딪치는 느낌이다.

꾸욱.

베개의 양끝을 잡고 머리를 압박했다.

압력이 머리에 전해지자 두통이 조금은 가시는 듯했다.

"사람이 말을 걸면 대답을 해야지. 이제 보니 너, 나쁜 아

이구나!'

분명 이 방에는 사람이 없었다.

방금 확인하지 않았던가.

한데 이 생생한 목소리는 대체 무엇이란 말인가.

몸이 아픈 건 일단 두 번째 문제다.

상대가 혹시 암살자라면? 이 생각이 스치자 딕스는 더 이상 잠을 청할 수 없었다.

"누구냐?"

마나를 사용하는 게 부담스러웠지만 지금은 비상사태다.

물의 척후를 풀었다.

존재감을 이 방 안에서 찾을 수 없었다.

그럼 밖에서 자신에게 말했다는 건데?

그렇게 생각하기에는 곁에서 들은 것처럼 그 목소리가 뚜렷했다.

물의 척후도 파악하지 못한 존재다.

긴장할 수밖에 없는 상황이다.

즉각적인 대응을 위해서 딕스는 마나를 활성화시켰다.

머리가 아프고 속이 순간적으로 울렁거렸다.

엄살을 피울 상황이 아니기에 이를 꾹 참았다.

쪼르르륵.

'화장실!?'

딕스는 화장실 방향으로 고개를 틀었다.

화장실 문이 벌컥 열리더니 ㄱ 안에서 물줄기가 침대 맞은편 의자를 향해 날아들었다.

물줄기는 의자 상공에서 타원형의 덩어리가 되었다.

얼마 안 있어 이 덩어리는 인간의 형상으로 바뀌었다.

이런저런 이유로 딕스의 얼굴은 더욱더 파리해져 있었다.

어찌 보면…

"너, 겁쟁이구나! 호호."

기상천외한 방법으로 딕스를 찾아온 인물은 천벽의 그림자 마법사 아이나였다.

하나같이 괴이한 능력을 보유한 천벽의 마법사들. 이런 자들이 세상에 알려진다면 대륙의 역사는 새로 씌여져야 할 것이다.

겁쟁이라는 놀림 따위에 흔들릴 딕스가 아니다.

"사람이냐? 유령이냐?"

딕스의 눈매가 점점 가늘어지고 그 눈빛은 서늘한 한기를 머금고서 번뜩인다.

대답은 하지 않고 아이나는 자신의 앞머리를 우아한 손짓으로 옆으로 쓸었다.

그러자 그녀의 미간에서 재능자의 표시인 문장 델타($\varDelta$)가 잠깐 드러났다.

눈 한 번 깜빡이지 않고 있었기에 딕스는 아이나의 문장을 똑똑히 확인할 수 있었다.

"천벽에서 나왔다, 소년 마법사."

"제… 제국?"

천벽이라니!

그 순간 딕스는 룩센이 떠올랐다.

아이나는 딕스의 변화를 놓치지 않았다.

"아는구나!"

자세와 표정을 고쳐 잡은 딕스의 눈빛이 점점 깊어졌다.

무거운 표정으로 딕스가 입을 열었다.

"나를 왜… 찾아온 거지?"

"널 좀 써야겠다."

딕스는 아이나의 말투에 기분이 상했다.

사람이 물건도 아니고 쓰다니. 대체 어따 쓴단 말인가.

설마 룩센처럼 자신을 금전 출납기로 애용하겠다는 뜻인가?

'이 개종자들이… 내가 지들 장난감이야. 뭐야!'

5서클 마법사를 개호구로 아는 정말 개 같은 놈들이 아닌가.

빠드득.

"이 가는 습관은 안 좋다."

친절한 아이나.

딕스의 눈꼬리가 올라가고 입꼬리는 말려서 내려간다.

그것은 그가 굉장히 화가 났을 때 나오는 표정이었다.

"니미 씨부럴, 밤 까고 있네. 그래, 룩센에 이어 이젠 너냐?

뭐 털어먹을 게 있다고 내게 왔어, 이 개잡것들아! 아우, 빡치네!"

딕스의 거친 반응은 아이나를 화나게 만들었다.

"나쁜… 아이구나, 너."

아이나의 전신에서 사나운 기세가 해일처럼 몸을 일으켰다.

단단히 분개한 딕스는 그녀가 천벽의 그림자 마법사이고 룩센의 전 동료였다는 사실이 눈에 들어오지 않았다.

딕스는 한 마리 성난 코뿔소가 되어버렸다.

누구라도 들이박지 않으면 제 성질을 못 이겨 미쳐 버릴 것만 같았다.

이왕 미칠 거 제대로 푸닥거리나 해보자 싶었다.

인내심이 드디어 바닥을 드러낸 딕스였다.

"오냐! 한번 뒈져 보자! 이 개잡것들아!"

딕스, 드디어 폭발했다.

고고학자 벵갈은 딕스의 의뢰를 받아 검은 주술에 대해 추적했다.

이 일은 결코 쉽지 않은 일이었다.

주술의 맥은 끊어진 지 오래였고 고용주가 원한 것은 검은 주술이라는 아주 오래된 구전동화에나 등장할 법한 신비로운 힘에 관한 것이었기에.

그러다 보니 벵갈은 어디에서부터 손을 써야 할지 갈피를 잡지 못했다.

노심초사하던 차에 그는 주술에 관계된 민화나 설화를 토대로 현지답사를 시작했다.

서적을 뒤지는 것보단 이편이 정신 건강에도 크게 도움이 되기 때문이었다.

이 선택이 벵갈에게 행운을 가져왔다.

마치 운명처럼 어느 노점상에서 그는 하나의 고서적을 발견했다.

서적의 글자는 지금은 잊힌, 한때 북부의 지배자였던 카세이아 부족의 문자였다.

카세이아 부족은 현재의 리안 부족 연합의 부족들과 달리 그들만의 글자와 문화가 존재했다.

이는 상당히 특이한 경우가 아닐 수 없었다.

어쨌든 벵갈 입장에서 이 서적은 의외의 큰 성과를 안겨주었다.

카세이아 부족은 강력한 주술사들이 많다고 알려진 신비의 부족이었기 때문이다.

문제는 이 서적의 해독에 있었다.

이를 위해 벵갈은 자이라 부족에 도움을 요청했다.

딕스와 관련된 일에 자이라 부족이 어찌 가만있겠는가.

자이라 부족은 벵갈의 요청을 받은 그 즉시 온 힘을 다해서 카세이아 부족의 문자를 해독할 수 있는 자를 백방으로 수소문했다.

그렇게 찾아낸 학자는 밤낮없이 해독 작업에 들어갔다.

그리고 드디어 신화와 전설에서나 등장할 법한 놀라운 이야기가 밝혀졌다.

카세이아 부족이 멸망한 배경과 그들이 사용했던 강력하고 신비로운 검은 주술에 대해서.

역천의 주술과 운명의 주술.

카세이아 부족에서도 가장 강력했던 두 주술사의 숙명적 대결에 관한 내용이 여기에 상세하게 기술되어 있었다.

책 내용은 이러했다.

…천벽의 수장 바라모스가 역천의 주술을 완성해 불멸의 영혼이 되려 했다.

그는 동족의 육신으로 탑을 쌓았고, 그 피로 호수를 만들었으며, 갓 태어난 아기와 처녀를 제물로 바쳤다.

놈의 그 끔찍한 만행에 나와 나를 따르는 운명의 주술사들은 놈의 천벽과 대항했다.

천 일간 놈들과 치열하게 싸웠다.

슬프게도 전투에서 우리는 패하고 말았다.

나를 따르는 운명의 주술사와 정의로운 전사들과 의로운 백성들은 이제 내 곁에 남아 있지 않다.

이에 나는 내 영혼을 매개로 거대한 운명의 수레바퀴를 굴리려 한다.

이 수레바퀴는 훗날 이 땅의 누군가가 멈출 것이다.

역천의 주술사 바라모스.

그 악의 주술사가 바라던 불멸의 영혼이 되도록, 나는 운명을 비틀어 완성하게 해주었다.

놈의 영혼은 연옥의 언저리를 배회하다 새로운 육체에 깃들 것이다. 나는 그날에 맞추어 하나의 안배를 더불어 운명의 벽에 새겨 넣었다.

세계의 진실… 인간에게 허용되지 않는 그 힘을 담을 수 있는 자를. 천벽의 바라모스가 깨어나는 날 세계의 진실을 담고 그도 일어설 수 있게.

오직 그만이 역천의 주술로 불멸의 영혼이 되어버린 바라모스를 영원히……

이것이 고문서의 주요 골자였다.

불멸의 영혼 바라모스와 세계의 진실을 담은 자의 싸움.

신화와 전설에나 나올 법한 신비로운 이야기가 아닐 수 없었다.

"정말이지 놀라운 내용입니다. 다른 곳에서 이 내용을 보았다면 전 소설이라고 단정 지었을 겁니다."

벵갈이 혀를 내두르며 말하자 서적의 번역을 했던 자 역시 벵갈의 말에 동의하며 고개를 주억거렸다.

"주술이 이리 대단한 힘일 거라곤 상상조차 못 했습니다. 불멸과 운명이라니! 이건… 음, 인간이 가까이해서는 안 될 신의 영역 같습니다. 그런데 바라모스가 사용했다던 그 역천의 주술이 과연 실재하기는 할까요? 만일 그렇다면 그 일이 우리 세대에 일어나기나 할까요? 왠지 환상을 쫓는 것 같습니다. 아무튼 기분이 참으로 묘합니다."

"세상엔 우리가 알지 못하는 여러 신비로운 일들이 매시간 벌어진다고 난 생각합니다. 과거에도, 그리고 우리가 살아가는 현재에도 말입니다. 그러니 우리가 익숙하지 못한 일이라고 해 부정하는 것은 옳지 않다고 봅니다. 어쨌든 그동안 고생 많으셨습니다."

두 학자는 서로의 손을 잡아주며 그간의 공을 치하했다.

그렇게 두 학자는 정리한 서류를 챙겨 들고 숙소를 나섰다.

하지만 이들은 그들이 가고자 하는 곳까지 갈 수 없었다.

의문의 인물이 등장해 두 사람을 해친 뒤 그들이 밤낮으로 풀이했던 문제의 그 서적과 번역본을 탈취하곤 유유히 사라졌기 때문이다.

도시 콜리튼은 대화재에 이어 도심 곳곳에서 끔찍한 전쟁의 상흔이 만들어지고 있었다.

이는 두 인간의 싸움이 원인이었다.

룩센과 스키어.

도시의 치안대가 무장을 갖추고 출동했다.

거리마다 사람들은 비명을 내지르며 싸움에 휘말리지 않기 위해서 달아났다.

현장으로 들어가려는 치안대와 겁에 질린 시민들이 부딪치며 양측은 오도 가도 못하는 상황이 발생했다.

그때 거리의 양옆 건물이 일제히 무너지면서 혼란에 빠진 사람들을 덮쳤다.

비명과 당혹성이 터지고 주변은 삽시간에 난장판이 되어 버렸다.

건물의 잔해에 깔려 즉사한 자가 다수였으며 크고 작은 부상을 당한 자가 그 배에 이르렀다.

"이, 이쪽으로 온다!"

"꺄아아악!"

이번엔 거대한 모래가 사람들을 덮쳐 오고 있었다.

그 모습은 마치 굶주린 육식 메뚜기 떼를 연상시켰다.

"피, 피해!"

"으아아아악!"

모래에 닿은 건물과 지면과 사람들은 속절없이 부서지고 무너져 내렸다.

사람들에게 있어 이 싸움은 끔찍한 천재지변과 다름없었다.

쏴아아아.

괴 모래의 힘은 줄어들지 않았다.

"저기… 누군가 모래에 저항하고 있어!"

"어디? 아… 뭐지, 저 사람? 사람이야!"

도망치던 사람들은 파괴를 일삼던 모래 더미가 급격히 방향을 틀자 그제야 한시름 놓고 주변을 제대로 볼 수 있었다.

이 중 몇몇 눈이 밝은 자들이 괴 모래를 상대하는 자를 발견했다.

이들이 발견한 자는 룩센이었다.

룩센은 도심을 벗어나기 위해서 움직이고 있었다.

그러나 그 뜻은 이루어지지 못했다.

스키어는 그가 도시를 벗어나려는 시도를 할 때마다 도시의 시민들을 잔혹하게 살해했다.

놈의 행패로 인해 죽은 자들이 벌써 수백이요, 무너진 건물과 공공 시설물은 헤아릴 수도 없이 많았다.

이 모든 걸 복구하려면 엄청난 비용과 시간을 지불해야 할 것이다.

'왠지 내 발을 묶어두려는 것 같은데?'

스키어의 태도에 룩센은 그제야 의문을 품기 시작했다.

그러다 한 가지 사실이 뇌리를 스치고 지나갔다.

룩센은 그 즉시 공간을 질주한다.

스팟!

그가 모습을 드러낸 곳은 주변을 훤히 내려다볼 수 있는 건물의 옥상이었다.

스키어를 향해 룩센이 차갑게 소리친다.

"스키어! 아이나는 어디 있지?"

거대 모래가 되어 움직이던 스키어는 룩센의 질문에 싸늘한 어조로 대답했다.

"너답지 않게 늦게 깨달았군. 그녀는 너의 보물단지에게로 갔다. 흐흐흐."

"아이나가?"

룩센의 고개는 그 즉시 여관 파라다이스를 향해 움직였다.

스키어는 아이나가 납치 계획을 마무리했다고 생각하고 있었다.

그래서인지 이번에는 룩센이 움직여도 막을 생각을 하지 않았다.

조금 지치기도 했다.

어차피 룩센이나 자신이나 서로에게 타격을 주지 못하긴 매한가지다.

이 때문에 스키어와 아이나는 룩센이 아끼고 있는 딕스를 이용하려 했다.

예전부터 룩센은 무언가에 빠져들면 그 하나에 미치고 거기에 맞추려는 경향이 뚜렷했다.

이는 그림자 마법사들이 지닌 고질적인 불치병 같은 것이었다.

파라다이스 여관에선 딕스와 아이나가 충돌하려 하고 있었다.

"꼬맹이, 험한 꼴 당하고 싶지 않으면 얌전히 구는 게 신상에 이로울 것이다."

"제철 안 된 밤 까먹는 소리 그만 지껄여."

"어린아이들은 꼭 호되게 처맞아야만 정신을 차리더군. 넌 좀 다를 줄 알았는데. 호호."

더 이상의 대화는 무의미하다.

아이나는 상대가 마법사인 점을 감안해 신속하게 그를 제압하려고 들었다.

물의 주먹이 딕스를 향해 맹렬한 속도로 날아간다.

다짜고짜 공격이다.

좌아아아악!

두 사람의 거리는 불과 2미터에 불과했다.

아이나는 확신하고 있었다.

어린 마법사가 자신의 공격을 버티지 못하고 나가떨어질 것이라고.

근접 거리에서 적에게 포착된 마법사는 썩은 나뭇가지처럼 쉽게 부러지는 존재였기에.

하나 그녀는 알지 못했다.

딕스가 일반적인 마법사와는 질적으로 다르다는 것을.

"헉!"

하나 이런 그 역시 아이나의 느닷없는 공격에는 깜짝 놀라서 대처할 수 없었다.

웃음 뒤에 비수라니.

아이나가 날린 물의 주먹이 딕스의 몸에 맞았다.

분명히 맞았음에도 불구하고 놀랍게도 딕스에게서는 별다른 이상이 보이지 않았다.

공격을 날린 아이나, 공격을 받은 딕스 역시 이 상황에 의아하긴 마찬가지였다.

물의 주먹은 딕스에게 복종하고 있었다.

말 잘 듣는 강아지처럼.

'대체 이건……?'

놀라고 있을 수는 없다.

당장은 유리한 이 국면을 주도적으로 이끌어 나가야 한다.

적의 공격 수단이었던 물의 주먹은 딕스의 마법에 의해 가공되어서는 아이나에게로 되돌아간다.

쑤아아아앙!

딕스가 물의 주먹을 피할 수 없었듯 아이나에게도 이 짧은 거리는 극복하기 힘들었다.

의지가 실린 딕스의 물 덩이가 아이나의 얼굴을 덮쳤다.

이러한 방식의 공격을 전혀 예상하지 못했던 아이나의 얼굴에서 처음으로 당혹감이 떠올랐다.

여유만만이던 그 표정이 단숨에 그 얼굴에서 사라지자 딕스는 속이 시원했다.

딕스는 이에 만족하지 않았다.

상대는 본신을 액체화하는 놀라운 능력을 갖고 있었다.

물이 물을 익사시킬 수 있을까?

'저 요망한 것을 어찌 상대해야 하지!'

룩센만 난감한 존재가 아님을 딕스는 새삼 깨달았다.

하지만 다시 생각해 보면 방금 아이나가 날린 물의 주먹은 자신에게 복종했다.

그렇다면 방금 액체로 변신한 아이나는!

딕스가 이러한 생각을 한 그 순간 놀라운 일이 벌어졌다.

본신으로 딕스에게 들어온 오메가!

그 오메가는 마치 강력한 블랙홀처럼 액체 상태의 아이나를 빨아들였다.

액체의 아이나와 딕스의 몸이 부딪쳤다.

깜짝 놀란 딕스는 저도 모르게 두 눈을 질끈 감고 말았다.

"뭐, 뭐 하는 짓이야? 이게 뭐야!"

의지와 상관없이 딕스의 몸속으로 빨려가는 자신의 모습에 놀란 그녀는 여러 가지 형태의 얼굴로 괴성을 내질렀다.

눈을 뜬 딕스 역시 아이나 못지않게 경악했다.

액체 상태라고는 하지만 상대는 인간이다.

한데 그 인간이 날로(?) 자신의 몸으로 흡수되는 게 아닌가.

'…너, 뭐 해? 저, 저건 인간이라고!'

기겁한 딕스는 사색이 된 표정으로 오메가에게 내심 소리를 질렀다.

그래도 소용이 없었다.

액체로 변한 아이나는 딕스의 육신에 모조리 흡수됐다.

머엉.

주변에 넘어진 집기와 깨진 화병과 비스듬하게 걸린 액자만이 좀 전에 이곳에서 사건이 벌어졌음을 말해주고 있었다.

"꾸, 꿈인가?"

꿈이었으면 좋겠다.

꿈이었으면.

부르르.

딕스는 자신의 몸을 더듬거렸다.

원독과 분노, 두려움으로 일그러진 채 자신의 몸으로 흡수되던 아이나의 얼굴이 떠올랐다.

그 얼굴이 다시 이 몸 어딘가에서 불쑥 튀어나올 것만 같았다.

소름 끼치도록 무서운 말이지만…

"…먹었어!"

속이 뒤집어지는 느낌이다.

하나 올리지는 않았다.

그리고 보니 숙취도 말끔히 사라지고 없다.

"설마 오줌 눌 때 기어 나오는 건 아니겠지?"

제2장

상극

딕스는 자신의 위기가 해소되자 그제야 도심을 울리는 비
명과 굉음을 들을 수 있었다.

전투가 종료되고도 한참이 지난 후였다.

찜찜함을 겨우 누른 그는 무슨 일인가 싶어 창가로 걸어갔
다.

흠칫!

밖은 아비규환의 전쟁터였다.

멀쩡했던 도시가 왜 저 모양 저 꼴이란 말인가!

"황사?"

그의 놀람과 함께 칼슨 백작과 기사들이 방 안으로 뛰어 들

어왔다.

무장을 완벽하게 갖춘 상태였다.

"딕스 경!"

"아, 칼슨 백작님. 그런데 밖에 저건 뭐죠? 싱그로아에도 황사가 있네요? 연합에 발생하는 황사보단… 규모가 참 작네요. 하아."

"그게 아닙니다, 딕스 경. 지금 밖에선 싸움이 벌어졌습니다. 그 때문에 저리 난리입니다."

딕스는 놀라지 않을 수 없었다.

의아한 그의 표정을 보며 칼슨 백작이 보다 자세히 설명했다.

이런 칼슨의 눈길이 방 안을 보곤 놀람을 드러낸다.

"설명해 주시기 바랍니다."

"으음, 이해할 수 없지만 저 밖엔 모래 더미가 건물과 사람을 파괴하고 있습니다. 그리고 더 이해할 수 없는 건 어떤 이가 저 괴 모래와 싸운다는 것입니다. 사람을 보내어 보다 자세한 상황을 살피게 했지만 옥상에서 살펴본 결과가 이러합니다. 그런데 방 안이 왜 이렇습니까?"

방금 전의 일을 어찌 설명한단 말인가? 이럴 땐 어물쩍 넘기는 게 낫다.

딕스는 화제를 돌렸다.

자신이 경험한 일. 그것을 떠올리는 게 싫었고 누군가에게 알려주기는 더더욱 싫었다.

이 일은 두고두고 홀로 풀어나가야 할 문제다.

"밖의 피해가 상당한 것 같은데… 대책은 마련했나요?"

"그, 그것이……."

하긴 저 모래 더미를 상대로 무슨 대책을 수립할 수 있겠는가!

딕스 역시 막막하긴 마찬가지다.

저 모래는 칼로 벨 수도 없고 불에 태울 수도 없을 테니 말이다.

"그렇군요."

밖의 상황이 안 좋다 보니 방 안의 상태에 대해서는 그리 깊게 캐묻지 않는 칼슨 백작이다.

칼슨 백작이 딕스를 빤히 응시한다.

5서클의 괴물 마법사!

사람들은 너무 어린 나이에 5서클의 마법사가 된 그를 내심으로 괴물이라고 생각한다.

물론 이것이 나쁜 의미는 아니다.

그만큼 그의 능력과 재능이 까무러치게 놀랍다는 뜻이다.

딕스는 칼슨 백작의 눈망울(?)에서 자신이 나서주기를 간절히 바라는 마음을 읽었다.

하나 저 황당한 모래 더미를 상대로는 도무지 자신이 서지 않았다.

그렇게 그가 망설이고 있을 때였다.

'어라? 저게 왜 이리 오지?'

이제 딕스에겐 선택의 여지가 없었다.

괴이한 모래 더미, 스키어가 여관 파라다이스로 오고 있었기 때문이다.

그리고 스키어보다 앞서 움직이는 자가 있었으니… 그는 룩센이었다.

룩센의 신형이 순식간에 방 안에 나타났다.

홀연히 등장한 룩센으로 인해 잔뜩 긴장하고 있던 기사들이 크게 놀라 일제히 검을 뽑아 들었다.

이 방이 그리 좁지는 않았지만 장정 여럿이 한꺼번에 검을 뽑고 움직이기에는 협소하다.

다행히 싸움은 벌어지지 않았다.

"모두 검을 거두세요!"

딕스가 소리쳤고 칼슨 백작도 룩센을 알아보고는 모두에게 검을 거두라고 지시했다.

사람들은 모두 신기한 눈으로 룩센을 보았다.

이들은 '괴물 마법사의 수하도 참으로 괴물 같구나!' 라고 생각했다.

그렇게 잠깐의 소란이 진정되자 룩센이 방 안을 둘러보더니 딕스 곁에 섰다.

그러곤 나직하게 말했다.

"다행이군."

룩셴의 내심은 딕스의 무사함에 많이 놀라고 있었다.

아니, 깊은 의문으로 바뀌었다.

룩셴이 아는 아이나는 만만한 상대가 결코 아니기 때문이
다.

'그녀가 이곳에 오지 않은 걸까? 그럴 리가 없을 텐데.'

녀석의 의문은 깊어만 간다.

딕스가 인상을 찌푸리며 말했다.

"혹시 저 모래 더미, 너랑 관계……."

"일단 피하고 보자."

"뭐?"

"저것을 상대할 자신 있나? 물론 이기긴 할 거야, 이 도시
의 절반이 날아간다면. 네가 원한다면… 그렇게 해줄 수 있
다. 넌 나의 고용주니까."

모든 피해 발생을 딕스에게 위임(?)하겠다는 룩셴의 참신
한 발언에 딕스는 순간 속에서 뭔가가 치밀어 올랐다.

어째 매초, 매분 사람을 이리 열 받게 할 수 있는지 기술도
저만 하면 초특급 기술이다.

부글부글.

"칼슨 백작님, 아무래도 저랑 룩셴은 이곳을 빠져나가야
할 것 같습니다. 음, 먼저들 귀환하세요. 전 따로 가겠습니다.
룩셴, 튀자."

"훌륭한 결정이다."

칼슨 백작과 기사들이 무슨 말을 할 사이도 없이 두 사람의 모습은 방 안에서 감쪽같이 사라졌다.

그러자 이쪽으로 향하던 거대한 모래 더미도 그 방향을 바꾸었다.

콜리튼 시 외곽.

딕스와 룩셴이 공간을 잡아먹듯 움직인다.

들판에 모습을 보였다가 어느새 저 앞쪽 나무 위에 나타난다.

거기 있나 싶어서 눈을 비비고 다시 쳐다보면 또 감쪽같이 사라지고 없다.

이곳에서 좀 떨어진 강변의 커다란 바위 머리에서 곧 이들의 모습을 다시 볼 수 있었다.

이들의 뒤를 모래 더미가 맹추격을 했다.

하나 모래의 속도는 룩셴을 따라잡을 수 없었다.

룩셴은 의도적으로 상대가 따라올 수 있도록 중간중간 그 모습을 드러냈다.

그렇지 않았다면 스키어는 두 사람의 행적을 놓치고 말았을 것이다.

"아이나를 어떻게 했느냐!"

천둥 같은 목소리가 모래 더미에서 쏜살같이 쏘아졌다.

룩센은 이를 귓등으로 들으며 딕스에게 말했다.

"강이다. 급하면 전처럼 숨어 있어."

"사양하지 않으마. 그런데 저 모래 자식, 엄청 열 받은 것 같은데."

"그건 내가 알아서 하지. 빨리 뛰어들어."

딕스는 룩센을 빤히 응시했다.

자신을 염려하는 건가? 상대에게서 진심이 느껴졌기에 더욱 혼란스러운 딕스였다.

그러고 보니 이상한 점은 비단 이것 하나만이 아니다.

녀석의 능력이라면 저 모래 괴물 따위 벌써 따돌리고도 남았다.

한데도 녀석은 놈이 따라올 수 있도록 중간중간 모습을 드러내곤 했다.

보라는 듯이.

대체 무슨 이유에서일까? 설마 시민들의 안위를 그가 걱정하는 걸까?

도리도리.

자신의 생각을 딕스는 강하게 부정했다.

"안 들어가고 뭐 해? 내게 할 말 있어?"

"끄응, 도대체 너는 뭐냐?"

잠깐 뜸을 들이던 룩센이 대답했다.

"…룩센. 이것이 나의 전부다."

이름이 전부라니.

녀석에게도 뭔가 말 못 할, 혹은 기억에서 지우고 싶은 괴로운 과거가 있지 않을까 싶다.

순간적으로 딕스는 룩센이 불쌍하다는 생각이 들었다.

그러다 곧 자신의 모습에 화들짝 놀랐다.

세상에 불쌍한 놈이 없어서 룩센 같은 악랄한 양아치(?)를 동정하다니.

'역시… 내가 못 먹을 걸 먹었나 봐.'

술과 여자를 먹었다(?). 술은 병을 주었고, 여자는 더러운 기분을 갖게 했다.

아무래도 이 두 가지 요소가 자신의 정신에 심대한 타격을 준 게 분명하리라!

이리 단정한 딕스는 괴 모래가 지척에 다다르자 곧장 물속으로 몸을 날렸다.

풍덩!

꼬르르륵.

강바닥에 주저앉은 딕스는 물의 척후를 통해서 밖의 상황을 살폈다.

룩센의 존재감만이 물의 척후를 통해 딕스에게 전달됐다.

이 존재감이 사라진다면 룩센이 세상에서 지워졌다는 증거가 되리라.

'괜찮겠지, 그 녀석…….'

죽어버렸으면 좋겠다고 생각했던 룩센의 안위를 걱정하는 자신의 모습에 딕스는 복잡한 표정으로 고개를 설레설레 내 젓는다.

자신의 인생에서 룩센을 빼더라도 복잡한 일이 하나둘이 아닌데.

지끈지끈.

숙취는 말끔히 사라졌지만 고민이 그의 머리를 무겁게 압박한다.

그 괴 모래와 싸워야 할지 모른다.

그러자면 우선 자신의 상태를 최상으로 만드는 게 시급하다.

딕스는 그 즉시 명상에 들어갔다.

오메가를 보았다.

녀석은 이전과는 많이 달라진 모습으로 위풍당당하게 자신의 내면에 서 있었다.

오메가는 자신을 찾아온 딕스가 반가운지 평온한 느낌의 푸른빛을 한껏 발산했다.

녀석을 향해 딕스는 다가갔다.

자신의 의식 세계였지만 이곳은 이미 오메가가 주인처럼 행세하고 있었다.

반감은 없었다.

'오랜만이네. 잘 지냈니?'

오메가가 제 몸을 반짝거렸다.

그 모습이 마치 자신의 말에 대답하는 듯했다.

더 가까이 다가간 딕스는 오메가를 손으로 만졌다.

촉감은 없었다.

오메가를 감싼 푸른빛이 그를 감싸며 돌았다.

따뜻하고 포근했다.

이것은 단순한 그의 느낌만이 아니었다.

새로운 힘을 오메가가 그에게 주입하고 있는 것이다.

물의 마법사!

이들의 특징은 물이 있는 곳에서는 그 힘이 더욱더 강해진다.

반면 습기 하나 찾아볼 수 없는 건조한 사막 같은 곳에서는 상대적으로 힘이 약해진다.

이러한 물의 마법사의 결점.

딕스 역시 예외일 수 없었던 그 결점을 오메가가 보완해 주고 있었다.

그런데 이와 같은 힘을 왜 지금에서야 오메가는 보완하는 걸까? 그 이유는 딕스가 찜찜하게 생각하는 아이나에게서 찾을 수 있었다.

혼들.

오메가와 함께 오붓한 시간을 보내던 딕스는 자신의 몸을 누군가 밀고 당기는 느낌을 받았다.

딕스의 명상 능력은 강력하고, 또 굉장히 현실적인 편이다.

이 점을 그는 특별하게 여기지 않았다.

모든 재능자와 마법사들이 명상을 꾸준히 하고 있음을 알기 때문이다.

그래서 그들도 자신과 같을 것이라고 생각하고 있었다.

출렁!

육체의 자극이 좀 전보다 더 강해지자 외부에 문제가 생겼다고 여긴 딕스는 오메가에게 작별을 고했다.

그를 떠나보내는 게 아쉬운지 오메가는 더 강력한 빛으로 그를 감쌌다.

이 빛에 휘감긴 딕스는 이곳을 떠나기가 싫어졌다.

'안 돼! 다음에 또 올게.'

딕스는 과감하게 말한 뒤 내면의 세계에서 현실로 돌아왔다.

그를 반긴 현실은 굉장히 사납고 흉험한 분위기였다.

'욱!'

강바닥에 앉아 있는 자신의 육체에 이러한 자극이 닥칠 정도면 저 밖에선 강력한 충돌이 발생했음이다.

물의 척후가 즉시 그에게 바깥 상황을 보고한다.

하나의 존재감은 여전히 저 밖에서 활동 중에 있었다.

그렇다는 것은 룩센이 멀쩡하다는 의미다.

이대로 이곳에 가만히 있을 것인지, 아니면 밖으로 나가서

되든 안 되든 모래 더미와 싸울 것인지에 대해서 딕스는 고민
했다.

그의 고민은 오래가지 않았다.

'시리우스!'

일단 물의 전투 골렘을 소환한 딕스는 녀석의 어깨에 앉아
물 밖으로 나왔다.

밖에 나와 보니 모래 더미가 완전 발광을 하고 있었다.

수면에는 거센 풍랑이 쉬지 않고 쳤다.

무시무시했다.

어떤 파도는 집 한 채는 꿀꺽 삼킬 만큼 높았다.

"저 미친 모래 더미! 쓸데없이 자연은 왜 파괴하고 지랄이
야?"

딕스는 고개를 돌려서 룩센을 보았다.

미꾸라지가 따로 없었다.

녀석은 모래 더미의 공격을 정말이지 환상적으로 피해내
고 있었다.

저 싸움에 끼어들지, 아님 말지를 두고 다시 딕스는 고민했
다.

어차피 이놈이나 저 모래 더미나 제 편이 아니다.

둘 다 힘이 빠져 나가떨어진다면?

'호오, 그 방법도 괜찮은데.'

이 얼마나 효율적이란 말인가.

이것이야말로 돌 하나로 두 마리 토끼를 동시에 잡는 방법이다.

강 밖으로 나가려 했던 딕스는 좀 더 상황을 지켜보기로 마음먹었다.

누군가 음흉한 마음을 먹고 지켜보고 있음도 모른 채 룩센과 스키어는 한 치의 물러섬도 없이 맹렬하게 싸웠다.

"룩센! 아이나의 복수를 하고야 말겠다!"

"난 아니라고 했잖아."

이들의 대화를 들은 딕스는 움찔한다.

흥분한 스키어는 더욱더 공격을 강화한다.

"그 말을 나더러 믿으라는 것이냐! 네가 아니면 그 꼬맹이가 아이나를 먹어치웠단 말이냐!"

관객의 입장에서 경천동지할 두 사람의 싸움을 구경하고 있던 딕스는 스키어의 말에 또다시 움찔하고야 말았다.

그때 스키어가 시리우스의 어깨 위에 앉아 있는 딕스를 발견한다.

놈은 딕스를 인질로 잡아서 룩센을 압박하기로 마음먹었다.

룩센은 스키어의 생각을 눈치챌 수 없었다.

혼자만의 생각에 푹 빠져 있던 딕스는 스키어가 공격해 오자 순간적으로 대경했다.

이 싸움에 개입하지 않고 꿩도 먹고 알도 먹으려고 했던 딕스는 인상을 와락 구겼다.

"내가 만만해 보이냐?"

딕스의 목소리에는 힘이 가득 실려 있었다.

이곳은 수량이 풍부한 강이다.

그냥 물속으로 쏙 들어가면 한낱 모래 더미(?)가 자신을 어쩌겠는가.

쐐애애애액!

수십 개의 모래 촉수가 딕스를 잡기 위해 날아왔다.

딕스는 시리우스를 출격시켰다.

시리우스는 검과 방패를 생성했다.

거대한 검이 바람처럼 움직이면서 모래의 촉수를 자른다.

모래 촉수의 숫자는 많았다.

일부의 촉수가 딕스를 노리고 우회한다.

일반적인 마법사의 경우 이러한 공격을 대비해서 곁에 경호원을 둔다.

하나 딕스는 제 몸 하나 건사할 수 없는 일반적인 마법사가 아니었다.

"여긴 내 안방이다, 모래."

물기둥이 치솟았다.

물기둥 위에는 딕스가 서 있었다.

모래 촉수는 딕스가 의지로 일으킨 물기둥을 관통했다.

관통의 흔적은 금세 메워진다.

물기둥은 지속적으로 강에서 물을 공급받고 있었기에.

젖은 모래는 힘을 잃고 흩어졌다.

이를 본 딕스는 의외로 모래 괴물을 자신이 손쉽게 처치할 수 있겠다는 생각이 들었다.

시리우스는 물 덩이를 생성해 이를 철퇴처럼 휘둘렀다.

물의 철퇴에 얻어맞은 모래 더미는 타격을 받았다.

상대의 약점을 알아차린 시리우스는 강물을 이용해서 거대한 물의 그물을 만들었다.

이를 본 스키어는 급히 도망치려 했다.

딕스는 시리우스가 생성한 그물이 놈을 옭아맬 수 있도록 도왔다.

'어딜! 넌 그물에 걸린 물고기에 불과하다!'

츄아아아앗!

이곳은 딕스의 홈그라운드다.

스키어가 달아나려는 곳마다 거대한 물의 벽이 앞을 막는다.

스키어는 크게 당황했다.

그때 시리우스가 던진 물의 그물이 모래 더미로 변한 스키어를 덮쳤다.

물의 그물은 모래 더미를 해체했다.

모래 더미 형상을 더 이상 유지할 수 없게 된 스키어는 인간의 육체로 어쩔 수 없이 돌아왔다.

수면으로 떨어지는 스키어를 향해 시리우스가 달려들었다.

"아, 안 돼!"

시리우스의 물의 검이 스키어의 허리를 절단해 버렸다.

상체와 하체가 분리된 스키어는 강물에 떨어졌다.

괴이한 힘을 사용하던 스키어도 그 본신이 이처럼 절단 나자 더는 살아 있을 수 없었다.

놈의 피와 내장이 사나운 파도에 쓸려 금세 자취를 감춘다.

강은 다시 평화를 찾았다.

딕스는 천벽의 두 그림자 마법사를 모조리 처치했다.

이러다 보니 룩센이 참으로 만만하게 보였다.

'그간 그에게서 받았던 정신적인 부분과 육체적인 부분에 대한 피해 보상을 톡톡히 받아야 하지 않을까? 라는 생각이 들었다.

한데 문제는 녀석의 능력이었다.

그 괴상한, 동에 번쩍 서에 번쩍하는 룩센의 그 능력은 아무리 생각해도 자신이 어찌할 수 없는 그런 유의 것 같았다.

차라리 스키어와 아이나 둘을 동시에 상대하는 게 더 쉽지 않을까라는 생각이 들 정도다.

"뭘 봐?"

자신을 잡아먹을 듯 쳐다보는 딕스의 시선에 그제야 룩센이 반응했다.

무려 한 시간을 딕스가 그렇게 처다보았는 데도 말이다.

인간이 저리 무딜 수 있을까.

"내 눈 내가 뜨고 내가 본다는데 네가 무슨 상관이야!"

"알았다."

딕스의 시비조 말투에 룩센은 무덤덤하게 넘어가 버렸다.

그러곤 그 비싼 와인을 물처럼 다시 벌컥벌컥 마셔댔다.

이를 보자 그의 능력을 꺼림칙하게 여겨 싸움을 망설였던 딕스는 순간 울컥하고 말았다.

"룩센!"

"······?"

후드를 푹 눌러쓴 탓에 룩센은 얼굴을 볼 수 없다.

얼굴이 있어야 할 부분은 지독한 어둠뿐이다.

그 어둠을 보자 딕스는 그제야 제정신으로 돌아왔다.

아직은 시기상조다.

"적당히 마셔. 몸 생각도 해야지."

"괜찮다. 이건 몸에 좋은 술이니까."

"세상에 몸에 좋은 술이 어디 있어?"

"판매자가 그러더군. 이건 좋은 술이라고."

"미··· 미친."

룩센의 대꾸에 딕스는 순간 뇌혈관이 터져 버리는 줄 알았다.

상인의 혀를 저리 신봉하는 녀석은 살다 살다 처음이었다.

사기꾼과 상인.

딕스는 이 두 직업군의 존재를 동일하게 보고 있었다.

왜냐? 이유는 단 하나다.

둘 다 자신의 재산을 축내니까.

룩센, 저 시키보다는 그래도 낫지만.

"딕스."

내심 룩센을 씹고 있느라 딕스는 그의 말을 듣지 못했다.

룩센이 주변에 있던 작은 돌멩이를 그에게 던졌다.

툭.

머리를 얻어맞은 딕스는 순간적으로 눈이 홱 돌아버렸다.

"이… 이 개흡충 새끼가! 그래, 한번 죽어보자!"

룩센을 향해 저돌적으로 몸을 날린 딕스다.

"무슨 짓이지?"

딕스는 룩센을 때리지도 못했고 붙잡지도 못했다.

볼썽사나운 꼴로 바닥만 뒹굴었다.

이게 더 분하고, 쪽팔리고, 억울한 딕스다.

이런 그의 입에선 분노의 가쁜 숨이 멈추지 않는다.

룩센은 별일 아니라는 듯 딕스가 좀 전까지 앉아 있던 자리
에 앉아 있었다.

딕스는 이게 더 기분이 나빴다.

"사내답게 한판 뜨자! 주먹으로!"

다년간의 바르고 규칙적인 생활로 인해 딕스의 신체 조건

은 몰라보게 좋아졌다.

그에 비해 룩센은 딕스보다 현저히 열등한 조건의 체격을 갖고 있었다.

무엇보다 딕스는 룩센이 운동하는 걸 단 한 번도 보지 못했다.

설마 주먹질에서도 지겠는가.

각자의 능력을 봉인하고서 싸우는데.

지도 사내라면 자신의 결투 신청을 받아들일 것이다.

딕스는 그렇게 확신했다.

룩센이 그를 바라본다.

'망할 놈의 후드, 확 뜯어버렸으면 좋겠네.'

상대의 얼굴이라도 볼 수 있다면 눈치로 대충 그 생각을 때려 맞출 텐데 얼굴을 볼 수 없으니 무슨 생각을 하는지 도무지 알기 힘들다.

스윽.

룩센이 갑자기 몸을 일으킨다.

딕스는 순간 룩센이 눈이 돌아서 자신을 공격할지도 모른다는 생각이 들었다.

만약 놈이 능력을 사용하면?

이러한 생각이 들자 자신이 지나치게 흥분한 것 같았다.

자신이 처치한 천벽의 마법사들… 어쩜 놈들은 그 조직 내에서 최약체일지도 모르는데.

저벅저벅.

룩센이 딕스를 향해 똑바로 걸어온다.

능력을 사용하려는 것 같진 않았다.

주먹싸움인가?

딕스는 주먹을 말아 쥐고서 천천히 위로 올렸다.

바로 때려 버릴려고.

하나 그는 주먹을 내뻗지 못했다.

룩센의 한마디에 질려서.

"그 손목 잘라 버린다."

꿀꺽.

*   *   *

이상하게도 딕스가 가는 곳마다 대형 사고가 빈번하게 터졌다.

이는 그에 대해 조금만 조사해 보면 다 나오는 사실이다.

재앙을 몰고 다니는 소년!

그를 예의 주시하고 있는 자들이 그에게 붙인 별명이었다.

다가닥 다가닥.

"그거, 휙휙 지나가는 능력 쓰자니까. 되게 간간하게 구네."

딕스와 룩센은 마차 편으로 싱그로아의 수도 라틴 힐로 가는 중이다.

룩셴의 이동 능력을 경험해 본 딕스는 그 능력을 이용해서 싱그로아의 수도로 가자며 조르고 있었다.

룩셴은 그의 요청을 귓등으로도 듣지 않았다.

"안 돼."

"내가 이래 뵈도 할 일이 많은 몸이란 말이야. 그러니까 길 바닥에 시간 뿌릴 처지가 아니라고."

"싫다."

"너 자신이 너무 뻔뻔하다고 생각하지 않냐?"

"아니."

빠직.

"내가 이런 말은 안 하려고 했는데. 까놓고 말해서 네 입으로 네가 고용인이라며? 그럼 고용주인 내 말을 들어야 하잖아."

"고용인에게도 자유의사는 존재한다."

"씨발, 네가 대체 뭘 했냐? 그리고 네 몸값이 한두 푼이냐? 몇 푼 안주고 내가 널 부려먹는다면 그건 내가 개새끼다. 하지만 그게 아니잖아!"

"욕하지 마라."

"뭐?"

"생각해 보니까 내가 너에게 욕 들을 이유는 없는 것 같다."

빠아아아직!

양심에 털, 아니, 양심 자체가 아예 없는 놈이다.

부글부글.

딕스의 속이 끓어오르기 시작했다.

간신히 이를 억누른 딕스는 최대한 부드러운 어조로…

"명령이 아니라 인간적으로 부탁해도 안 되냐?"

"응."

"너, 인간이 그리 뻔뻔하면 죽어서 지옥 간다. 거기 가면 술도 못 처먹어."

룩센의 침묵.

딕스는 이를 그가 진지하게 받아들인 것이라 생각했다.

휘익.

그것이 아니었다.

열어놓은 창문으로 들어온 벌레를 신경 쓰느라 그의 말을 못 들은 것이다.

벌레가 맞은편 창문으로 나가자 룩센은 헐렁한 로브 안 경직된 어깨를 풀었다.

"뭐라고 했지?"

딕스는 룩센이 지능적으로 자신을 놀리는 것이라고 생각했다.

눈에 콩깍지가 씌인 딕스는 룩센이 뭘 해도 의심스럽고 미울 뿐이다.

"지옥 가면 술 못 처먹는다고 했다."

"지옥?"

"그래, 지옥."

"걱정 안 해도 돼."

"뭐?"

"착한 일 많이 하고 있으니까."

"하. 하. 하. 내 머리털 나고 지금처럼 웃긴 이야기는 처음 들어봤다."

차라리 입 꾹 닫고 있는 게 낫지 싶다.

딕스는 고개를 돌려 스쳐 가는 풍경을 본다.

개인적으로 딕스는 룩센이 부러웠다.

세상에 이런 왕호구 고용주가 어디 있단 말인가.

따지고 보면 자신도 만만찮은 능력을 갖고 있다. 아니, 가공할 능력을 갖고 있다.

그런데 고작 연봉이… 룩센이 입에 달고 사는 저 와인 한 병 값도 안 된다.

공식적으로.

이처럼 박봉(?)에 시달리면서도 불철주야 국가를 위해 노력하고 있지 않은가.

한데 저 보자기 뒤집어쓴 술주정뱅이는 그런 걸 모른다.

저러니 저 나이에 돈, 친구, 여자, 집도 없이 만날 술로 인생을 낭비하는 것이겠지.

어찌 보면 참으로 가련하고 안쓰러운 인생이다.

딕스는 절대 룩센처럼은 살지 않기로 굳게 다짐했다.

저건 절대 사람 사는 게 아니다.

최근 들어 아침저녁으로 선선하다.

이처럼 또 하나의 계절이 무의미하게 지나간다.

언제까지 저 녀석과 붙어 다녀야 하는 건가? 한 번 가면 다시 못 올 청춘을 이렇게 썩히긴 진심 싫은데.

'레이첼과 시모나가 그립네. 휴우.'

그의 마음엔 벌써 가을이 찾아와 있었다.

쓸쓸한 마음을 달래기 위해서 딕스는 즐거운 상상을 했다.

단풍이 곱게 물든 정원을 걷는다.

연못가에 앉아서 맛있는 음식을 먹는다.

손을 마주 잡는다.

서로의 눈동자를 바라보면서 숨결을 나누고 세상에서 가장 달콤한 키스도 나눈다.

그러다 불어오는 바람에 흩어진 머릿결을 다듬어주면서 다시 키스하고, 또 키스 하고… 또… 그리고 언젠가는 자신과 그녀들을 닮은 자식을 낳겠지.

어떤 애들이 태어날까? 자신을 닮았으면 잘생기고 똑똑한 녀석이 나올 것이다.

레이첼과 시모나를 닮으면 남자는 초절정 꽃미남일 테고,

여자아이라면 절세 미녀가 되리라.

흐뭇흐뭇.

"앞으로 어쩔 것이냐?"

룩센이 갑자기 말을 붙여오자 딕스는 인상을 찌푸리며 그를 쏘아보았다.

"뭘 어째?"

"너는 거대한 싸움의 주축이 되어버렸다. 이젠 절대 이 싸움에서 벗어날 수 없다. 네가 지면 다 죽고, 네가 이기면 다 살게 될 것이다."

무섭고 슬픈 이야기다.

오랜만에 룩센의 말에 딕스는 공감했다.

그 전에 눈앞의 돈 먹는 하마부터 꺼꾸러뜨려야 하는데.

당장은 요원하다.

"알고 있어. 그런데 천벽에 너와 같은 자들이 몇이나 되지? 저번에 싸웠던 그런 놈들은?"

"몰라."

"하긴 네 녀석의 관심은 오직 술이겠지. 그럼 너희와 같은 존재는 어떤 방식으로 키워지는 거지?"

"그림자 주술에 의해 우리는 힘을 얻었다. 그리고 그 주술은 특정한 자들에겐 그 효과가 크지. 바로 재능자들이다."

"역시 제국에서 재능자들을 납치한 것이었군."

놀랍지 않다.

내심 짐작하고 있던 부분이고 얼마 전 천벽의 여자 마법사 아이나의 이마에서도 문장을 보았다.

딕스는 말을 이어나갔다.

"그림자 마법사만 전장에 투입해도 승리는 제국의 것일 텐데 왜 지금처럼 우회적인 방법만 쓰는 거지?"

딕스 본인이 제국의 황제였다면 벌써 그 힘을 이용해서 대륙을 통일해 버렸을 것이다.

어차피 할 거라면 말이다.

"제국이 적극적으로 야욕을 드러내지 않는 이유는 하나다."

"이유가 있다고? 그게 뭐지?"

"세계의 진실을 담은 자."

"그거 나라고 했잖아? 그럼 제국이 날 겁낸단 말이야?"

딕스의 두 눈이 동그래진다.

하긴 자신이 생각해도 자신은 몹시 특별하다.

예지몽을 통해서 미래를 보았고, 그 미래를 통해서 재능자로서의 능력을 발견할 수 있었으니까.

영웅은 시련을 통해서 성장한다던가? 딕스는 자신에게 닥쳤던 불행이 자신을 영웅으로 성장시키기 위한 누군가의 안배가 아닐까 싶었다.

'영웅이라… 아씨, 피곤하네.'

딕스는 꿈 많은 일곱 살 소년이 아니다.

사람들이 칭송이 듣기는 좋지만 그 칭송에 걸맞게 행동해야 한다.

그것은 피곤한 삶이다.

큰형이라면 아마 좋다고 했을 것이다.

자신의 모든 것을 희생하고서도 이를 감사하게 여겼을 것이다.

둘째 형이라면 어땠을까? 동네방네 자랑하고 다니다가 비명횡사하지 않을까 싶다.

도리도리.

'차라리 내가 하는 편이 낫겠네.'

"제국의 누군가겠지."

"누군가? 그게 누구지?"

"차차 알아봐라."

말을 꺼냈으면 끝까지 가야 할 것이지 또 중간에서 옆길로 샌다.

룩센의 이와 같은 태도에 대화를 중단하고 행복한 상상의 세계에서 정신을 정화시키지 않았던가.

이럴 거면 차라리 말이나 걸지 말든가.

아무튼 인생에서 전혀 도움이 되지 않는다.

*   *   *

느린 마차 여행은 딕스에게 많은 것을 생각할 시간을 주었다.

룩센에게서 단편적으로 얻어들은 정보, 그리고 향후 자신의 거취 등을 그는 다각도로 고심했다.

지금보다 더 힘들고 고단한 나날이 펼쳐질지도 모른다.

끝까지 살아남아야 한다.

그러기 위해서는 지금보다 더욱더 강한 힘을 손에 넣어야 한다.

세계의 진실을 담는 자.

'뭘 담아야 하는 거지?

힌트라도 주면 좋으련만 룩센은 이에 대해서는 모르는 것인지, 아니면 알고도 입을 닫고 있는 것인지 한마디의 언급도 하지 않았다.

다시 머릿속이 복잡해진다.

쏴아아아악.

가을비치곤 꽤나 굵직한 비가 온 천지를 덮고 있다.

장맛비 같은 이 비로 길이 유실되어 딕스는 어쩔 수 없이 어느 작은 마을 농가에 머물게 되었다.

십여 가구쯤 되는 이 마을은 가족과 이웃의 경계가 없었다.

하루에 한 끼는 마을 공회당에 다 함께 모여 수다를 떨며 식사를 했다.

한 지붕 아래서 밥을 먹는다는 행위는 굉장한 친밀감을

준다.

그러니 이 마을은 씨족 마을이라고 봐야 할 것이다.

그렇거나 말거나 딕스는 자신이 앞으로 나아갈 방향을 생각하느라 여기서도 골치를 썩고 있었다.

"아저씨, 이거 엄마가 갖다 드리래요."

어떤 꼬맹이가 다가와선 귀엽게 웃으며 딕스에게 음식을 내밀었다.

냄새도 좋고 색깔도 좋아 군침이 절로 돌았다.

세상을 구원하기 위해 탄생한 용자나 용사도 식사는 해야 하는 법이다.

제 몸이 성치 않은데 무슨 세계 평화 구현이겠는가.

문제는 이 맹랑한 꼬맹이의 자신을 향한 호칭이다.

"나, 아저씨 아니거든."

"그럼 아줌마예요?"

철딱서니 없는 꼬마 아이에게 아저씨와 아줌마의 다른 점을 어찌 장광설로 늘어놓으리.

딕스는 썩은 미소를 지으며 꼬마 아이의 머리를 조금 거칠게 매만져 주었다.

아이의 표정이 대번에 일그러지더니 곧 폭발할 것 같았다.

이 꼬맹이가 울면 자신의 체면은 그야말로 폭락이다.

이에 딕스는 억지로 웃으며 아이를 살살 달랬다.

그래도 아이의 표정은 풀리지 않았다.

하룻밤 신세 져야 할 입장에서 그 주인집 아들을 울렸다간 내내 가시방석일 터.

"내가 좋은 거 보여줄까?"

딕스는 아이의 호기심을 자극했다.

그제야 자신의 분함과 억울함을 잊고 관심을 보이는 아이다.

이때 그 관심을 충족시켜 줘야 아이는 울지 않는다.

더불어 아이의 호감도 끌어낼 수 있다.

내심 딕스는 한숨을 내쉬었다.

'난 너무 착해서 탈이라니까.'

과연?

"뭔데요?"

"저기 물구덩이 보이지?"

호기심을 자극하는 딕스의 어조에 드디어 아이가 넘어왔다.

반짝이는 두 눈으로 딕스와 물구덩이를 번갈아 보며 아이는 조바심을 냈다.

그 모습이 딕스는 귀엽게 보였다.

언제 한숨지었나 싶다.

"예."

"저 물구덩이에서 물의 요정이 나올 거야."

요정이란 존재는 아이들을 환장하게 만든다.

이는 지난 시절 딕스 역시 그랬다

요정의 요 자만 들어도 오줌이 찔끔 나올 만큼 좋아했다.

왜냐? 요정은 소원을 들어주기 때문이다.

'내 소원은 잘 먹고 잘 사는 거였는데.'

그렇다. 딕스의 소원은 이처럼 소박하다.

그냥 별 탈 없이 잘 먹고 잘 사는 게 그의 바람이었다.

'아마 이 아이도 자신과 다름없겠지?' 라고 딕스는 생각했다.

요정을 보여주기 전에 아이에게 소원을 물었다.

그러자 이 아이는 딕스를 혼란에 빠뜨리는 대꾸를 했다.

"세계 평화요!"

아이의 황당무계한 소원에 딕스는 폐부에 칼이 박히는 듯한 느낌을 받았다.

이 얼마나 황당하고 무식하며 자기 손해적인 발상이란 말인가.

세계 평화와 자신의 행복이 대체 무슨 상관이라고 이를 빈단 말인가.

아이가 너무 어려서 그런가? 현실감각이 전무하다.

아니면, 시골 촌구석에서만 자라서 때가 타지 않았거나.

그렇다면 10년 전 자신은 뭐란 말인가? 한마디로 까졌다는 건가?

잠시 딕스는 자신의 어린 시절을 돌이켜 보며 내심 쓴웃음을 지었다.

'모르긴 몰라도 이 녀석, 장차 고생문이 훤할 것이다.'

딕스는 단정 지었다.

물정 모르는 놈이 원래 고생하는 법이기에.

'네 팔자지, 내 팔자냐. 흠흠.'

"뭐, 그것도 나쁘지 않지. 자, 잘 봐라."

딕스는 마나를 움직여 물구덩이에서 물의 요정이 나오게 했다.

물론 이는 요정이 아니라 딕스가 물을 요정처럼 보이게 만든 것이다.

이를 모르는 아이는 딕스가 창조한 물의 요정을 보자 기겁했다.

그러곤 그 자리에서 옷이 젖는 것도 아랑곳하지 않고 무릎을 꿇었다.

"요정님, 요정님, 세계가 평화롭게 해주세요. 그래서 우리 형아가 군대에서 빨리 돌아올 수 있게 해주세요."

아이의 소원에 딕스는 피식 웃었다.

아이는 세계 평화를 바랐지만 그 목적은 군대 간 제 형이 빨리 제대해 돌아오는 것이었다.

아마 군대 간 제 형이 세계 평화를 지키러 간 줄 알고 있을 테니 형이 보고 싶은 아이 입장에선 세계 평화가 소원이 될 수밖에 없음이리라.

이 아이의 소원쯤이야 요정이 아니라도 충분히 들어줄 수 있는 딕스다.

딕스는 아이에게 형의 인적 사항을 물었다.

아이는 고분고분하게 대답해 주었다.

요정을 부르는 엄청난 아저씨가 물어보는데 어찌 대답하지 않겠는가.

"그래, 알았다. 나도 요정님께 네 소원이 꼭 이루어지도록 빌어주마. 이건 잘 먹을게. 어머니께 감사하단 말씀 전해 드려라."

"예, 맛있게 드세요. 그리고 필요하신 거 있으시면 언제든 절 불러주세요."

"그러마. 그런데 네 이름이?"

"딕스예요. 딕스!"

역시 흔하디흔한 이름 딕스.

몇 가구 살지 않는 이 작은 마을에도 딕스가 살다니.

대체 딕스가 살지 않는 곳은 어딜까? 아마 백 번을 죽었다 깨어나도 찾기 힘들 것이다.

아이는 한껏 고무된 표정으로 빗속을 뚫고 쪼르르 뛰어가 버렸다.

소원은 이루어지기 전까지 비밀로 하라고 했으니 쓸데없는 말은 늘어놓지 않을 것이다.

"아이를 잘 다루는군."

갑자기 들려오는 룩센의 목소리에 딕스는 화들짝 놀랐다.

놈이 만약 암살자였다면?

앞으로는 좀 더 신변에 만전을 기할 필요성을 느낀다.

"언제 와… 하아, 이런 말 자체가 우습군. 어찌 됐어?"

"유실된 길을 복구하려면 적어도 이삼 일은 걸리겠더군."

"이참에 그냥 네 능력으로 단숨에 가면 안 될까?"

"안 돼."

"밥값 좀 해라. 넌 양심도 없냐?"

"방금 밥값 했잖아."

머엉.

수백만 골드를 연봉으로 받아 처먹는 녀석이 고작 길이 잘 뚫렸는지 아닌지를 보고 오는 걸 밥값으로 했단다.

또다시 딕스의 혈압 수치가 급격하게 높아졌다.

부르르.

딕스가 쥔 숟가락이 사시나무처럼 떨린다.

"휴우, 내가 너에게 뭘 바라겠냐. 그런데 갑자기 무슨 바람이 불어서 그걸 보고 왔대?"

"술이… 떨어졌다."

아, 그러면 그렇지. 저 돈만 축내는 개흡혈충이 하는 일이 다 그렇지.

딕스는 룩센에 대해서 다 포기해 버렸다.

포기가 빠를수록 자신의 정신 건강에도 도움이 될 것이기에 그러려고 했다.

매번 그렇게 생각했지만 막상 녀석을 보고 있노라면 언제 그랬냐는 듯 잊어버린다.

천벽이든 제국이든 일단 저놈부터 잡고 볼 일이다.

으드득.

"그 좋은 기술로 인근 도시에라도 다녀오지 그러냐?"

"능력은 편하지만 그걸 자주 사용하면 어느새 그 힘에 흡수된 자신을 발견하게 될 것이다."

"뭐?"

룩센이 어울리지 않게 터벅거리는 걸음으로 다가와 딕스 옆에 앉았다.

이것이 못마땅했지만 녀석의 입이 트였기에 딕스는 불평 대신 조용히 귀만 열어놓았다.

"우리는 우리를 잃어가고 있다, 그걸 느낄 사이도 없이."

"잃어가?"

"정확한 표현으로는 잠식당하고 있다. 그 상태가 끝나면… 존재 자체가 없어지지. 후후."

딕스는 룩센에게서 순간적이나마 지독한 슬픔과 공허와 분노를 느꼈다.

"그건?"

"여기까지. 오늘은 피곤하다."

룩센은 더 이상 입을 열지 않았다.

그저 그 시커먼 후드 안에서 앞만 바라볼 뿐이다.

그가 저 가을비를 보는 것인지, 아닌지에 대해서는 알지 못했다.

다만 이제까지 보아온 룩센과 오늘의 룩센이 너무 다르다는 것만 딕스는 느낄 뿐이었다.

그래서 이 순간만큼은 놈을 미워하지 않기로 했다.

'내가 미쳤나 봐. 저딴 시키를!'

이래서 정이 무섭다는 것이다.

사랑보다 독한 정. 그걸 어찌 지금의 딕스가 알겠는가.

세월이 지나야 그 의미를 깊이 느낄 수 있지 않을까 싶다.

"나도 물의 요정 불러줘."

"뭐? 너도 소원이 있냐?"

"응."

"뭔데?"

"술."

"……"

*   *   *

스키어와 아이나를 파견한 클라우드는 두 사람에게서 연락이 끊어지자 이에 대해 알아보았다.

한데 놀랍게도 두 사람은 그 어떤 흔적도 남기지 않고 증발

해 버렸다.

이는 있을 수 없는 상황이었다.

룩셴처럼 특별한 경우가 아닌 이상 자의로 배신은 불가능하기 때문이다.

'룩셴이 아니야. 룩셴은 둘 중 누구도 죽일 수 없어. 대체……'

순간 룩셴과 동행하고 있다는 뮬 공국의 어린 마법사가 클라우드의 뇌리를 스치고 지나간다.

그건 불가능한 일이다.

일반 마법사는 결코 그림자 마법사를 상대로 승리할 수 없다.

그렇다면 이는 그 어린 마법사에게 남들이 모르는 비밀이 있음이다.

클라우드는 생각에 잠겼다.

그때 문득 떠오르는 것이 있었다.

'그 녀석일까? 운명의 주술사 카로얀이 안배한 자.'

이러한 생각이 들자 클라우드는 몸이 떨려왔다.

만일 그가 운명의 주술사 카로얀이 안배한 자라면 이는 천벽의 천적이 등장했음을 의미한다.

이 사실을 상부에 보고해야 할까? 아니면 이대로 덮어두어야 할까?

이를 놓고 클라우드는 고심했다.

클라우드는 앞에 놓인 고서와 이를 해독한 문서를 펼쳤다.

세상에 알려져서는 안 될 비밀을 파헤친 문서였다.

이 문서의 존재를 우연히 알게 된 클라우드는 가문의 정보 조직을 통해서 이것을 입수했다.

이것의 작성자는 리안 부족 연합의 사학자와 언어학자다.

잠시 문서를 바라보던 클라우드는 입술을 지그시 깨문 뒤 이를 바닥에 던졌다.

바닥에 떨어진 문서는 곧 땅에서 올라온 검은 기류에 휩싸였다.

문서는 흔적도 남기지 않고 그 자리에서 사라졌다.

'나의 입지는 아직 약하다. 당분간은 지금의 상태를 유지하는 게 내겐 이득이야.'

나직한 중얼거림과 함께 클라우드는 문서에 대한 일을 가슴 한구석에 남겨두었다.

역천의 주술사와 운명의 주술사.

긴 세월을 지나 현재에 격돌하게 되었다, 예언이 사실이라면.

강력한 세력을 가진 역천의 수술사.

운명의 주술사가 예비한 자가 아무리 강력하더라도 그는 개인에 불과하다.

개인은 절대 다수를 이길 수 없다.

이것이 이 비밀을 당분간 묻어두기로 한 이유였다, 천벽 내

에서 자신의 입지를 다지기 전까지,

이제 딕스의 존재는 룩셴이 주목했던 것처럼 클라우드란
사내도 알게 되었다.

이는 딕스에게 불편한 상황이 발생함을 의미했다.

제3장

딕스의 결정

싱그로아의 수도 라틴 힐에 드디어 발을 디딘 딕스는 곧장 왕궁으로 향했다.

그가 수도에 들어온 사실은 이미 안소니 국왕에게 보고된 상황이었다.

국왕은 만사를 제쳐 두고 딕스를 마중 나왔다.

"오랜만이네, 동생. 하하하."

주변에 안소니 국왕의 신하들이 있었기에 딕스는 예법에 맞게 인사하려고 했다.

한데 상대가 이처럼 친근하게 선수를 쳐 버리니 딱딱한 궁중 예법으로 대하는 게 어색해졌다.

어정쩡한 자세로…

"오랜만에 뵙습니다, 전하."

"이거 섭섭하게 전하라니. 그냥 형님이라고 부르게. 자, 자, 안으로… 음?"

딕스의 뒤에 그림자처럼 서 있는 룩센. 안소니 국왕은 뒤늦게 그를 발견한 듯 의아함을 내비쳤다.

실은 룩센에 대해서 안소니 국왕은 알고 있었다.

자칫 상대가 자신을 감시한 것으로 오해할 수 있기 때문에 그는 모르는 척했다.

신중한 성품이 아닐 수 없었다.

"함께 온 분이 누군지 소개해 줘야 할 거 아니냐?"

"제 고용인인 룩센입니다."

"고용인?"

"예, 룩센, 인사드려. 나의 의형님이시자 싱그로아의 군주이신 안소니 전하시다."

딕스는 왕궁으로 들어오는 내내 룩센에게 당부를 아끼지 않았다.

자신의 체면도 있고 하니 행동과 말을 조심하라고.

이제 그 당부의 결실을 볼 순간이 되었다.

긴장된 순간이다.

"룩센입니다."

간단명료한 룩센의 소개에 주변에 있던 안소니 국왕의 신하들이 일제히 얼굴을 붉히며 그를 쏘아보았다.

덤으로 딕스 역시 이 눈총에 맞아야만 했다.

고용인을 잘못 둔 고용주의 비애다.

어색해진 장내 분위기는 안소니 국왕이 대소로 흩뜨렸다.

국왕의 개인 공간으로 일행은 자리를 옮겼다.

"홉킨스 후작은 딕스, 너도 알지?"

"예, 오랜만에 뵙겠습니다, 후작님."

"소문 많이 들었네, 딕스 경. 앞으로 잘 부탁하네."

홉킨스 후작의 말이 왠지 의미심장하게 들리는 딕스였다.

이 자리에서 그 느낌에 대해 언급하고 싶지는 않았다.

안소니 국왕과 딕스는 자리에 앉아 그동안 있었던 일들을 이야기했다.

"딕스, 네가 내 왕국에서 해준 일들에 대해 들었다. 나를 진정한 형제로 여기지 않았다면 어찌 그와 같이 힘든 일을 해주었겠느냐. 내 너의 의형이자 이 나라의 국왕으로서 그 일에 대해 깊이 감사를 표하는 바이다."

안소니 국왕이 자신을 향해 고개를 숙이자 이에 딕스는 화들짝 놀랐다.

귀족들도 잘 숙이지 않는 것이 저 머리통이다.

한데 일국의 왕이란 자가 타국의 훈작에 불과한 자에게 머리를 숙였다.

이는 자신의 자존심이나 체면보다 백성을 아끼는 마음이

더 큰 어진 왕이기에 가능한 행동이었다.

딕스는 또 한 번 안소니 국왕의 인간 됨됨이와 군주 됨됨이에 감동하지 않을 수 없었다.

'의형은 기똥차게 잘 됐다니까.'

뭉클함이 그의 가슴속에서 차오른다.

이와 같은 분위기가 마음에 들지 않은 걸까? 룩셴이 끼어들었다.

녀석은 진열장을 가리키며 궁전의 주인이 아닌 딕스에게 물었다.

"저거 마셔도 되나?"

"뭐?"

"저거."

룩셴이 가리키는 곳을 본 딕스는 눈살을 크게 찌푸렸다.

녀석이 즐겨 찾는 그 고가의 와인이 진열장 가득히 채워져 있었다.

한 병에 일천 골드나 하는 와인이 대충 봐도 백 병은 되어 보였다.

룩셴의 행동은 큰 실례다.

안소니 국왕의 성품이 사납고 까다로웠다면 당장 참수 명령을 내렸을 것이다.

호탕하게 웃음을 터뜨린 안소니 국왕은 이에 개의치 않았다.

"얼마든지 드시오, 룩센 경."

룩센에 대한 안소니 국왕의 호칭에 딕스는 의문을 품었다.

'룩센이 언제 작위를 받았지?' 라는 쓸데없는 의문이다.

안소니 국왕의 친절에 룩센은 인사 한마디 없이 진열장에서 와인을 꺼내 역시 물처럼 벌컥벌컥 들이켰다.

민폐도 이런 민폐가 또 있을까? 딕스는 안절부절못했다.

"죄송합니다, 형님. 저 녀석 성격이 좀… 그나저나 고가의 와인이 왜 저리 많습니까?"

"많긴. 내 창고에 가면 저 와인으로 꽉꽉 채워져 있으니 얼마든지 마셔도 되네. 하하하."

"예? 그게 무슨……?"

안소니 국왕은 사치와 거리가 먼 왕이다.

그런 왕이 저런 고가의 와인을 창고에 가득 채워놓았다니 당사자의 입으로 듣고도 도저히 믿기지 않았다.

"몰랐나?"

"무슨 말씀이십니까?"

"내가 애주가잖아. 그래서 내 적성도 살리고 용돈 벌이도 할 겸 겸사겸사 와인 사업을 벌였지. 그런데 의외로 잘 팔리더군."

왕이 술장사를 한다?

딕스는 안소니 국왕의 대답이 황당했다.

그리고 깨달은 한 가지 사실.

'뭐야? 그럼 내 피 같은 돈이 왕 형님의 지갑으로 쏙쏙 들어갔단 말이잖아!'

그렇다. 룩센이 퍼마신 술값은 온전히 국왕의 호주머니로 들어가고 있었다.

안소니 국왕을 좋은 왕으로 봤던 딕스는 이 때문에 심사가 뒤틀렸다.

어쩌자고 저딴 와인 하나를 천 골드씩이나 받아먹는단 말인가.

이는 폭리다.

악덕 상인이다.

내심 부글부글 끓어올랐지만 차마 왕이라서 이를 터뜨릴 수는 없었다.

그래도 그간 저 와인으로 인해 받은 스트레스를 차마 외면할 수 없어 딕스는 딱 한마디 한다.

"형님, 제게 지분 좀 파십시오."

바꿀 수 없는 현실이라면 이에 동조해 즉각 붙어 가면 된다.

"지분을? 넌 술 못하잖아."

"술을 꼭 잘 마셔야 술장사, 아니, 와인 사업을 하나요. 제가 저 와인이 참으로 마음에 들어서 그러합니다. 꼭 지분을 제게 파십시오."

왕이 제 입으로 저 술이 잘 팔린다고 하지 않는가.

그 말은 곧 수익이 어마어마하다는 이야기다.

세상에는 의외로 룩센 같은 자들이 많다는 결론인데.

"흠, 이건 내 개인 사업이라서……."

안소니 국왕이 난처한 기색으로 주저하자 딕스는 처음으로 이 왕에게 쩨쩨한 구석이 있음을 알게 됐다.

저러한 행동은 역시 이 사업이 엄청 잘된다는 의미가 아니겠는가.

딕스의 전투력이 급격히 상승했다.

"형님, 우리 형제 아닙니까?"

"동생이 그리 부탁하니. 음… 그럼 내 부탁 하나만 들어줘."

"얼마든지요. 말씀만 하세요."

"역시 내 동생이야. 시원시원하다니까. 하하하."

"하하하하, 그럼요. 제가 한 시원 합니다."

대박 사업의 지분이다.

그러니 이 어찌 즐겁지 아니하겠는가.

그런데 왕은 자신에게 무슨 부탁을 할까?

갑자기 이러한 의문이 딕스를 찾아오며 그 웃음을 집어삼킨다.

딕스의 얼굴에 살짝 흐르는 긴장감.

"엘리자베스 공주와 나를 연결하는 매파가 되어줬으면 한다."

"……!"

안소니 국왕의 부탁에 순간 딕스는 쇠망치로 뒤통수를 얻어맞은 기분을 느꼈다.

인생의 막을 내려야 할지도 모른다는 생각이 든 순간 딕스는 엘리자베스 공주에 대한 생각을 했었다.

이미 자신에게는 레이첼과 시모나가 있다.

여기에 공주까지 욕심내는 짓은 도를 넘는 욕심이다.

그럼에도 공주를 빼앗기고 싶지가 않았다.

아무리 의형인 안소니 국왕이 괜찮은 남자라고는 하지만 말이다.

딕스의 침묵은 심각한 표정으로 꽤 오랫동안 이어졌다.

"내가 부족한가?"

딕스의 어감이나 표정이 심각했기에 안소니 국왕의 입가에 지어진 미소도 사라졌다.

마음을 단단히 먹은 딕스.

"형님, 아니, 전하."

"음, 말하게."

자신의 마음속에 공주가 여자로 들어앉은 마당에 어찌 안소니 국왕의 중매쟁이가 될 수 있겠는가.

이는 자신의 마음을 속이는 짓이요, 공주의 마음에도 상처를 주는 일이다.

돌이켜 보면 공주는 끊임없이 자신에게 사인을 보내지 않았던가.

그것이 확실한 사인인지 아닌지는 솔직히 모른다.

하나 이런 미적지근한 상황은 정리할 필요가 있다.

공주가 자신을 동생으로, 신하로 본 것일 수도 있다.

자신만의 착각일지도 모른다.

사람의 마음이란 게 들여다볼 수 있는 개울이 아니기에.

결심을 굳힌 딕스는 안소니 국왕의 얼굴을 직시하며 자신의 속내를 밝혔다.

"제가 먼저 공주님께 고백할 생각입니다. 그러니 전하의 청을 전 들어드릴 수가 없습니다. 용서하십시오. 제가 제 마음을 너무 늦게 알았습니다."

부드럽기만 하던 안소니 국왕의 표정이 그 순간 딱딱해졌다.

그러곤 꽤 긴 시간을 상대로 하여금 깊은 부담감을 느끼게 만드는 침묵을 이어갔다.

실내의 분위기는 그로 인해 덩달아 무거워졌다.

벌컥벌컥.

유일하게 룩셴만이 이 분위기에서 자유로웠다.

국왕이 드디어 입을 열었다.

"딕스."

"예."

"너, 여자가 둘이나 있지 않냐?"

"어떻게 아셨습니까?"

"난 일국의 왕이다. 내가 원해서 못 알아볼 게 어디 있겠느냐. 그리고 넌 나의 동생이자 대륙이 주목하는 자다."

"그렇군요. 예, 맞습니다. 제게는 두 명의 여자가 있습니다."

"그 여자들을 포기할 생각이냐?"

안소니 국왕의 말에 딕스는 눈살을 찌푸린다.

"아닙니다."

"흠, 그런데도 공주를 가지겠다!"

"가진다고는 안 했습니다. 물어본다고만 했습니다."

"만약 공주가 허락한다면? 그리되면 너를 바라보는 두 여자는 불행해질 수 있다. 그녀는 평범한 집안의 여자가 아니다. 장차 뮬을 이끌어갈 여왕이 될 신분이다. 넌 그런 그녀를 감당해야 한다. 무엇보다 현재 너의 여자들의 심정과 향후 그 처지는 어찌 되겠느냐?"

안소니 국왕의 말은 비수가 되어 딕스의 가슴을 헤집었다.

사실 딕스 역시 이 때문에 공주와의 관계에 있어서 많이 주저했다.

만일 자신의 최후라고 생각되는 그 시간이 그에게 없었다면 지금과 같은 마음을 아예 먹지도 않았을 것이다.

후회 없이 살겠노라!

설사 자신의 선택으로 인해서 공주와 자신, 안소니 국왕과 자신의 관계가 서먹해질 수 있더라도.

"저 또한 그 문제로 고민했습니다. 하지만 이건 공주님과 저의 문제입니다. 감당이라 했습니까? 살다 보니 생각으론 절대 해낼 수 없는 일들이 막상 닥쳐 보면 해내게 되더군요. 무책임한 말일 수 있지만… 한번 해보려 합니다."

안소니 국왕은 뚫어져라 딕스의 얼굴을 응시했다.

딕스 역시 이를 피하지 않고 안소니 국왕을 본다.

"진심이군."

"진심입니다."

"하아, 끄응, 여자냐, 의동생이냐? 이것이 문제로군. 딕스."

"예."

"오늘… 죽을 때까지 마셔보자. 그리고 내일 깨어나서 내이 일을 다시 생각해 보겠다. 지금은 아무것도 생각하기 싫다. 오랜만에 본 너와 서먹해지는 것도 싫고. 홉킨스 후작."

"예, 전하."

"시종들에게 일러 창고의 술을 모조리 내오라 하시오. 내오늘 진탕 마셔보겠소. 아니, 아니오, 그냥 술 창고로 직접 가는 게 편하겠군. 딕스, 각오해라."

술이라면 몸서리가 쳐지는 딕스다.

하지만 사랑이 걸린 일이다.

남자답게 딕스는 안소니 국왕의 도전을 받아주기로 했다.

하지만 일대일 승부는 자신에게 지나치게 불합리하다.

개똥도 약에 쓸 때가 있다.

진열장 앞에서 술을 물처럼 마시는 룩셴이 딕스에겐 오늘의 그 개똥으로 보였다.

'저 술고래도 쓸 데가 다 있다니. 하아, 이래서 오래 살고 볼 일인가 보다.'

조금씩 인생을 알아가는 딕스다.

꼭두각시와 댄서의 동일한 점은 무대에서 춤을 춘다는 점이다.

이 둘의 차이는 자연스러움에서 엇갈린다.

줄에 매달려 춤을 추는 꼭두각시가 아무리 잘 춘다 해도 무대 위의 댄서보다는 못하다.

그림자 마법사 역시 꼭두각시 인형 같은 부자연스러움이 존재했다.

그들은 소비한 마나를 꽤 오랫동안 모아야 한다.

이는 일반적인 마법사들의 마나 축적보다도 훨씬 느리다.

무엇보다 그림자 마법사는 단기전에는 강하나 장기전에는 약하다.

상황에 따라서 이는 저들의 치명적인 약점이 될 수 있다.

이 두 가지를 전략적으로 고려한다면 그림자 마법사를 상대하지 못할 것도 없다.

문제는 그들의 신비로운 능력에서 발생하는 상식 밖의 끔찍한 전투력이다.

'하아, 초반에 박살 나버리는데 장기전의 이점을 어찌 살려.'

긁적긁적.

이 부분은 아무리 생각해도 답이 없다.

굳이 답을 찾자면 냉정하고 독하지만 살을 내주고 상대의 뼈를 자르는 방법뿐이다.

아니면 놈들을 먼저 제거하거나.

그러자면 또다시 자신이 출전해야만 한다.

궁정 같은 집에서 편안하게, 알콩달콩 깨소금을 볶으면서 살고 싶은 딕스의 소박한 바람은 현실의 벽에 부딪혀 또다시 멀어지고 있었다.

참으로 안타깝고 답답하고 회피하고 싶은 일투성이다.

상대할 존재가 없어 제국과 천벽이라니.

차라리 전 재산을 사회에 헌납하고 이들과는 적이 되고 싶지 않은 게 딕스의 솔직한 심정이다.

문제는 그리한다고 해서 일이 해결될 수 없다는 데 있었다.

그렇다면 수단과 방법을 가리지 않고 반드시 이겨야 한다.

'이런 고충을 왜 내가 짊어져야 하지? 난 아직 미성년자라고!'

한쪽에선 부어라 마셔라 난리도 이런 대란(?)이 없다.

안소니 국왕과 룩센은 쌍벽을 이루는, 상식을 벗어난 놀라운 술꾼들이다.

바닥에 굴러다니는 술병을 보노라면 제 배가 빵 터질 것 같다.

징글징글한 인간들.

딕스는 두 사람을 이처럼 커플로 묶어 속으로 욕했다.

"딕스, 마셔. 자아!"

철철철.

안소니 국왕도 이제 취했는지 술잔이 넘치도록 술을 부어 준다.

딕스는 마나를 이용해 술과 알코올을 분리시켰다.

술자리 내내 그는 이리하고 있었다.

두 번의 끔찍한 숙취를 경험한 딕스는 일상생활용 마법을 드디어 개발했다.

이 마법이 없었다면 그는 뻗어도 한참 전에 뻗어 있거나 화장실 변기통을 붙잡고서 밤새 토악질을 해댔을 것이다.

"아, 예예."

딕스는 안소니 국왕이 따라준 술을 받아 입에 들이부었다.

마법으로 처리된 술은 더 이상 술이 아니라 맹물이다.

'배 터져 뒈지겠네. 제길!'

진정한 술꾼들은 안주를 먹지 않는다.

그래서 여긴 안주도 없다.

딕스는 주야장천 안소니 국왕이 따라주는 술만 받아 마셨다.

"우리 동생 술 세졌네. 좋아, 좋아, 꺼억~ 남자는 그래야지. 이봐, 룩센."

"응."

"너, 술 세다. 좋아, 멋져! 자! 오늘 이 창고의 술 우리 셋이 다 비우자! 돌격!"

이곳은 전장이 아니다.

그러니 저 돌격이란 말에는 어폐가 있다.

문제는 이곳에 어폐를 정정할 자가 없었다.

딕스는 고난의 이 시간을 극복하기 위해 제국과 천벽을 상대하기 위한 전략 수립에 또다시 골몰했다.

이런 생각조차 안 했다면 두 사람을 한꺼번에 수장시킨 뒤 곧장 공국으로 튀어버렸을 것이다.

꼴리면 지들끼리 마실 일이지 왜 싫다는 사람까지 붙잡아두는지.

"어? 술이 없네. 잠깐 기다려. 내 가져올 테니."

왕이 직접 술 서빙을 한다.

호사도 이런 호사가 없다.

안소니 왕이 술을 가져오다가 빈병을 밟았다.

튼튼한 병은 깨어지지 않고 안소니 왕을 자빠뜨렸다.

룩센이 번개처럼 움직여 안소니 국왕을 안아주었다.

'키스라도 해라. 해.'

참으로 야릇한 모양새로 룩센의 품에 안긴 안소니 국왕

이다.

　하지만 딕스가 바라는 그런 일은 발생하지 않았다.

　안소니 국왕은 룩센의 품에서 의식을 잃었다.

　술꾼 안소니가 룩센에게 패한 것이다.

　드디어 고난의 이 시간도 끝났다.

　딕스는 환호를 내지르고 싶었지만 꾹 참았다.

　벌떡 일어선 딕스는 대기 중이던 시종들을 불렀다.

　다들 코를 막고 술 창고로 들어와선 안소니 왕을 업고 나갔다.

　룩센은 아직 술에 미련이 남았는지 새 와인을 따선 벌컥벌컥 마셔댔다.

　그리고 아주 은밀하게 몇 병의 와인을 풍성한 제 로브 안쪽으로 슬쩍했다.

　'저 시키가 이젠 도벽까지!'

　우연인지 운명인지 그 순간 딕스와 룩센의 얼굴이 정면으로 마주쳤다.

　안타깝게도 이 민망한 상황에 부끄러움을 드러내야 할 룩센의 얼굴은 저 깊은 후드 안에서 숨 쉬고 있다.

　"남은 거 챙긴 거다."

　그래도 양심이 있는지 쪼잔한 변명을 내놓는 룩센이다.

　"누가 뭐래? 좀 더 챙겨라."

　"……?"

"많이 남았잖아. 아깝게."

딕스는 곧장 진열대에서 와인을 챙겼다.

어차피 안소니 국왕은 이 술 창고를 다 비울 때까지 마시자고 했다.

그러니 이건 다 남은 술이다.

음식 남기면 벌 받는다는 어른들의 말씀을 기억하라.

성실하고 예의 바른 딕스는 그래서 열심히 챙겼다.

이 모습을 보던 룩센이 고개를 절레절레 내저으며 창고를 나간다.

나가면서 그는 한마디를 남겼다.

"그건 절도다."

"저 시키… 또 날 물 먹였어."

기분이 상했지만 멈출 수 없었다.

왜냐! 이 와인 한 병당 가격이 얼마인가.

결정적으로 술을 챙겨야 하는 이유는 또 있었다.

안소니 국왕은 절대 와인 사업 지분을 주지 않겠다고 했다.

물론 나름의 이유를 곁들인 부드러운 어조였다.

그러다 보니 있을 때 챙기는 게 현명한 노릇이다.

그런데 이 현명함을 룩센은 절도로 단정 지어버렸다.

자신이 누구 때문에 이 추잡한 짓거리를 하는데! 이러니 그가 어찌 열 받지 않겠는가.

저는 되고 자신은 안 된다는 저 썩어빠진 멘탈에 저주를!

'크크, 돈 굳었다!

이러니저러니 해도 당장의 이 상황이 즐겁기만 한 딕스였
다.

"딕스, 여기 있었구나. 룩센은?"

사람은 어떤 쪽에 강력한 내성을 가진 부분이 있다.

딕스가 볼 때 안소니 국왕과 룩센은 알코올 분해 능력이 대
단히 뛰어난 것 같았다.

그러지 않고서야 밤새 술을 마시고도 겨우 여덟 시간 만에
저처럼 멀쩡해질 리 없기 때문이다.

안소니 국왕의 두 눈에 승부욕이 활활 타오르고 있었다.

술로 자신을 무찌른 룩센에 대한 강렬한 마음이다.

"바람 같은 녀석이라… 어딘가에 있겠죠."

"끄응, 그나저나 그 녀석… 대단하더구나. 참, 넌 괜찮으
냐?"

그렇다고 하면 또 그 지긋지긋한 술자리에 끼어 말똥말똥
한 정신으로 취객의 주사(?)를 상대해야 한다.

그러니 몸 상태가 최고여도 최저인 것처럼 행동하는 게 정
상인의 올바른 자세다.

딕스는 그 즉시 이를 시행했다.

"죽을 맛이죠."

"흠, 멀쩡해 보이는데?"

"저도 사회적인 위치와 체면이 있잖아요. 외관은 관리해야죠."

"하긴 그렇기도 하겠다. 딕스."

그의 이름을 부르는 안소니 국왕의 표정과 목소리에 갑자기 무게가 실린다.

이에 딕스는 살짝 당황했다.

아무래도 와인을 너무 많이 챙긴 것 같다.

도둑이 제 발 저리는 이 상황에서 딕스는 최대한 표정을 활짝 폈다.

웃는 동생 때리기야 하겠는가, 아니, 차라리 몇 대 맞는 게 낫다.

와인은 절대 토해낼 수 없다.

죽어도!

"옙."

"너 하고 싶은 대로 해라. 대신 나도 내 하고 싶은 대로 하겠다."

딕스는 안소니 국왕이 무엇을 말하는지 알아들었다.

"이 일로 우리 형제의 의가 상하지 않았으면 좋겠습니다. 결과가 어찌 되든 말입니다."

"나도 사내다."

"감사합니다. 제가 형님 하나는 참 잘 둔 것 같습니다."

"그래, 나도 그렇게 생각한다. 하하하하."

의형이 선택한 사람이 엘리자베스 공주만 아니라면 딕스는 저 멋진 의형을 위해서 기꺼이 매파가 되어줄 용의가 있었다.

하나 아무리 형제간이라도 좋아하는 여자를 어찌 선뜻 내주겠는가.

"딕스."

"예."

"콜리튼에서의 일을 말해봐라. 나의 왕국을 어지럽힌 자들이 누구더냐?"

딕스의 의형이 아닌 싱그로아의 군주로서 안소니는 딕스에게 물었다.

이런 그에게서 군주로서의 찬란한 위엄과 명검의 날카로움이 햇살처럼 뿜어진다.

"안 그래도 형님과 상의하고 싶었습니다."

천벽과의 일은 비단 자신에 국한된 사건이 아니다.

싱그로아 왕국, 아니, 북부 동맹국 전체와 관련된 중차대한 사건이다.

제국이 테일리 왕국과 친선을 도모하는 목적이 북부 동맹에 있음을 딕스 역시 알고 있었다.

시간이 걸릴 뿐 전쟁은 피할 수 없다.

그것이 오늘이 될 수도 있고, 내일이 될 수도 있을지언정.

딕스는 천벽에 대해서, 그림자 마법사의 강력함에 대해서 이야기했다.

여기에 자신이 그들을 상대해 쳐 없앤 것도 밝혔다.

군주는 전체를 알아야 하고 이를 다각도로 판단하고 사용해야 한다.

자신이 군주의 병기가 되는 것은 인간적으로 싫지만 어차피 해야 할 싸움이라면 잠시나마 그들의 병기가 되어주는 것도 나쁘지 않았다.

안소니 국왕의 표정이 점점 변했다.

그것은 그가 깊은 생각을 할 때 나오는 습관이었다.

"놀라운 일이군. 천벽에 대해 내 알고는 있었다만… 그 실체가 그리했다니. 음, 룩센, 그자를 믿을 수 있느냐?"

"전 그 녀석이 싫습니다. 하지만 배신 따위 할 녀석은 아니라고 봅니다."

룩센이 믿을 수 있는 놈이라고 밝혀야만 하는 자신의 신세에 딕스는 깊이 한탄했다.

"다행이군. 네가 상대하기 어려운 자가 네 편이 되었다고 하니 말이다. 참, 너는 아느냐? 제국과 테일리 왕국의 국혼이 테일리의 공주가 암살당하면서 공중에 떠버렸다. 자칫 그 화가 북부 연맹으로 향할 수 있다."

"알고 있습니다."

"내 각국의 정상들과 이미 통신으로 의견을 주고받았다. 그래서 물 공국에 동맹 군사부를 설치하기로 했다. 물론 행정

관만 파견할 것이다. 군사적인 행동을 취하면 이는 전면전이
될 테니까."

이미 동맹국은 보이지 않는 가운데 만반의 준비를 갖추고
있었다.

전쟁을 좋아하는 어진 군주는 없다.

특히 딕스가 아는 안소니 국왕은 전쟁을 몹시 싫어한다.

하지만 그 싫은 전쟁도 해야 할 때는 과감하게 하는 이가
바로 싱그로아의 국왕 안소니다.

이는 뮬의 엘리자베스 공주 역시 그렇다.

"공국에요?"

동맹 군사부를 설치하는 것은 바람직하다.

하지만 그곳이 뮬 공국이면 이는 제국의 노골적인 표적이
될 수 있다.

대체 북부 동맹 중 가장 약한 뮬에 왜 동맹 군사부를 설치
한단 말인가.

그리고 공국은 왜 이를 수락한 것일까?

딕스는 이 점이 매우 의문스러웠다.

그러나 한편으론 뮬만 한 곳도 없겠다는 생각이 들었다.

북부의 왕국들은 알게 모르게 그간 크고 작은 알력이 있어
왔다.

지금은 동맹이란 큰 테두리 안에 들어와 있지만 눈앞의 적
이 사라진다면 언제 그 테두리를 벗어날지 알 수 없는 노릇

이다.

국제사회에선 영원한 우방도 없고 적도 없는 법이니까.

"지리적으로 공국이 가장 적당하더구나. 물론 이것이 공국에 부담이 될 수도 있다. 하지만 반대로 생각하면 공국을 건드리는 행위가 북부 왕국의 자존심을 훼손하는 일이 되기도 하지. 다 일장일단이 있음이다."

"그건 제가 신경 쓸 일이 아니죠. 저야 일개 마법사일 뿐이니까요."

"일개 마법사라. 하하, 어디 가서 그런 말 하지 마라. 마법사들이 네 말을 들었다간 다들 혈압으로 쓰러질 것이다. 참, 밥은?"

"시간이 몇 신데요. 벌써 먹었죠."

"그래? 난 또 함께 식사나 하려고 했더니 안 되겠구나."

"형님 혼자 드십시오."

"오늘 당번 시녀가 헬레나인데… 아쉽군."

그녀의 이름이 거론되자 잠시 흔들린다.

그것도 잠시…

"형님 혼자 드셔야겠습니다. 이래저래 생각할 게 많아서요."

"갑자기 딴사람이 된 것 같군."

"제가요? 형님은 대체 절 어찌 보시고."

까놓고 말해서 흔들린다.

헬레나가 어디 보통 여인인가.

그러나 그뿐이다.

그녀와 자신은 인연이 없다.

인연이 없는 사람에게, 잠시 스쳐 갈 인연에 눈길을 줘봐야 가뜩이나 복잡한 머릿속만 더 복잡해질 뿐이다.

"난 네가 헬레나에게 빠진 줄 알았다."

"물론 그녀가 예쁜 건 인정합니다."

"너에게 주려고 했더니……."

"예?"

"왜? 혹하느냐?"

"솔직히 혹하죠. 헬레나 양이 어디 보통 여성입니까? 하지만 저도 양심이란 게 있는 놈입니다."

"양심이라… 네 입에서 그 말이 나오니 왠지 신빙성이 떨어지는구나. 크크."

딕스의 얼굴은 순식간에 벌겋게 달아오른다.

입이 열 개라도 할 말이 없다.

뚱해 있는 딕스를 바라보며 안소니 국왕이 대소했다.

"하하하, 됐다. 됐어. 네 결심을 들었고 네 의견도 들었다. 너와 나는 의형제이자 동맹이다. 그리고 연적이지. 나는 최선을 다할 것이다."

"저도 최선을 다할 것입니다."

"좋다. 결정은 이제 그녀에게 달렸군. 그녀가 누굴 선택하든 징징거리지 말자."

툭툭.

딕스의 어깨를 토닥여 주면서 안소니 국왕은 문가로 다가간다.

잠시 걸음을 멈춘 안소니 국왕은 그를 돌아보지 않고 한마디 하곤 나갔다.

"네게 큰 짐을 지워서 미안하다."

탁.

그 말이 가슴에 콕 박힌다.

*   *   *

뮬 공국에 설치될 동맹 군사부에 근무하게 될 싱그로아 왕국의 관료들과 함께 딕스는 귀국길에 올랐다.

귀국과 출국. 17세의 나이로 이를 이처럼 밥 먹듯이 한 사람은 온 대륙을 뒤져 봐도 아마 자신밖에 없으리라.

집이 없는 것도 아니고 혈혈단신의 몸도 아니다.

그렇다고 방랑벽이 있는 것도 아닌데 이리 생활하는 자신이 어찌 보면 가엾고 또 다른 각도로 보면 귀한 경험을 쌓고 있다는 생각도 들었다.

힘에는 책임감이 따른다.

이 말이 떠오른다.

애통한 심정으로 죽어가던 예지몽 속의 자신을 생각해 보면 자기 것만 챙기기에 급급한 전형적인 우물 안 개구리였다.

세상이 이처럼 넓고 세상에 이처럼 사람이 많은지 어찌 알았겠는가.

지금은 힘들지만 그래도 예지몽 속에서 비참하게 쓰러져 가던 그때보다는 천만 배 더 행복하다.

감상에 젖어 있는 그를 향해 누군가 다가왔다.

"강바람이 좋군요, 딕스 경."

파견관들의 수장 아인세 백작이었다.

인상만큼이나 인품도 훌륭했다.

명군 아래 어찌 간신배가 나올쏜가.

자식을 보면 그 부모의 성품을 알 수 있고 백성의 곡간을 보면 다스리는 자의 철학을 알 수 있다.

"백작님, 뱃멀미는 이제 괜찮으십니까?"

"못난 꼴을 보여 드렸습니다. 하하."

"아닙니다. 그럴 수도 있죠, 뭐. 저도 남들 다 하는 승마가 아무리 노력을 해도 안 되더라고요. 그래도 백작님께선 지금은 적응하셨잖아요."

아인세 백작은 젊은 나이에 엄청난 배경과 능력을 가진 딕스의 소탈하고 겸허한 태도가 무척이나 마음에 들었다.

자신에게 딸이 있다면 지참금으로 전 재산을 주고서라도 사윗감으로 삼고 싶을 정도였다.

"그런가요?"

"그래도 생활하는 데 불편함은 없습니다."

"하긴 승마를 못한다고 해 삶의 질이 떨어지는 것은 아니니까요. 아무튼 전하께서 딕스 경께 적극 협조하라고 이르셨습니다. 별 도움은 안 되겠지만 저의 도움이 필요하시면 언제든 말씀해 주시기 바랍니다."

싱그로아의 관료와 귀족들은 그와 친분을 맺길 원하고 있었다.

아인세 백작 역시 마찬가지였다.

어떤 사회든 인맥처럼 중요한 것도 없기 때문이다.

딕스 역시 이를 알기에 모든 이들에게 되도록 좋은 인상을 심어주려 했다.

이는 버릇처럼 딕스의 몸에 배어 있었다.

작은 개울은 힘이 없지만 이러한 개울이 모이고 모이면 산도 옮기는 법이기에.

"한데 저분은 음주를 지나치게 하시던데… 건강이 괜찮을는지 걱정입니다."

벌컥벌컥.

룩센의 상징적인 소리가 바로 저 '벌컥벌컥' 이다.

서민들은 평생을 벌어도 만지지 못할 거금을 순식간에 마서 없애는 자.

딕스가 살짝 눈살을 찌푸린다.

그래도 다행인 게 안소니 국왕이 50퍼센트 평생 와인 할인 패를 주었다는 것이다.

전 대륙 어디를 가더라도 이 패만 보이면 저 와인을 반값에 살 수 있다.

문제는 그래도 그 금액이 만만치 않다.

'쫀쫀한 왕 형님. 그냥 무료 패를 줄 것이지.'

서 있으면 앉고 싶고, 앉아 있으면 눕고 싶은 게 사람의 간특한 마음이다.

딕스 역시 여기서 벗어나지 못했다.

아니, 오히려 더 심했다.

안소니 국왕이 룩센에게도 지극한 관심을 보이고 있는 것을 알고 있는 아인세 백작이다.

하지만 룩센에게는 도저히 말 붙일 엄두가 나지 않았다.

마치 보이지 않는 창끝이 자신을 겨누고 있는 듯한 기분이 들어서였다.

바닥을 보이는 와인병을 빙글빙글 돌리며 룩센이 이곳으로 걸어왔다.

아인세 백작이 뻘쭘한 표정으로 일이 있다면서 돌아갔다.

"제국엔 언제 갈 거냐?"

난간에 상체를 기댐과 동시에 남은 술을 다 비운 룩센은 그

병을 강물로 집어 던졌다.

공병을 상점에 갖다 주면 3실버를 준다.

날아가는 병을 잡으려 딕스는 팔을 뻗었다가 물에 빠질 뻔했다.

다행히 룩센이 잡아주어 그런 불상사는 일어나지 않았다.

"내가 병은 모아두라고 했잖아!"

"쩨쩨한 놈."

"뭐, 뭣이라!"

조국과 북부의 평화를 위해 이 한 몸 굴려 천벽을 없애 버리기로 작심한 딕스다.

북부 동맹과 제국이 전면전을 벌일 때 가장 큰 골치가 바로 천벽의 그림자 마법사가 될 듯해서였다.

거룩하고 희생적인 마음을 굳게 먹은 자신에게 어찌 쩨쩨하다는 망언을 저리 담담하게 쏟까!

순간 딕스는 룩센을 저 강물로 집어 던지고 싶은 욕구를 느꼈다.

그래도 전처럼 살심은 먹지 않았다.

녀석이 천벽을 쳐 없애는 데 합류하겠다는 뜻을 분명하게 밝혔기 때문이다.

"안소니 왕에게 얼마 받았어?"

"뭐? 도, 돈은 무슨……."

순간 딕스는 말을 더듬고 말았다.

"천벽을 치는 데 경비가 많이 들 거라고 네가 안소니 국왕에게 굉장히 불쌍하고 가련한 표정으로 말했던 게 기억나서."

"내, 내가 언제!"

룩센은 딕스를 뚫어져라 응시했다.

이는 후드의 위치를 통해 알 수 있다.

이제 녀석의 후드 위치만 봐도 그 시선이 어디에 머무는지 딕스는 대강 알게 되었다.

지금 녀석의 시선은 자신의 두 눈을 아마 뚫어지게 보고 있을 게다.

'이 개흡혈충이 시키.'

또 삥 뜯겨야 하나?

그런 생각이 들자 딕스는 무척이나 슬퍼졌다.

그래도 일단은 최대한 발뺌할 생각이다.

"뭐, 내가 상관할 바는 아니지. 돈 줘."

"뭐?"

"술 없어."

난간을 쥔 딕스의 손등으로 시퍼런 힘줄이 툭툭 불거져 나온다.

"룩센아, 건강을 위해서라도 좀 자제하는 게 낫지 않겠니?"

"왕이 그러더라."

"……?"

"건강에 좋은 술이라고."

룩셴의 말에 딕스는 순간적으로 피를 토할 뻔했다.

사실 딕스는 안소니 국왕으로부터 활동비에 보태 쓰라며 약간의 돈을 받았다.

이는 딕스의 기준에서 정말 약간의 돈이다.

3만 골드.

어떤 이에겐 천문학적인 액수지만 전날 사부 파울에게 1억 골드를 용돈으로 받은 전력이 있던 터라 이 돈을 받을 때 딕스는 속으로 딱 한마디 했다.

짠돌이!

"국왕이 그 와인 사업장 업주라고. 오너란 말이야. 그런 사람이 그럼 자신이 파는 물품을 나쁘다고 말하겠니? 너, 순진한 거니 아니면 네 행동의 정당성을 확보하기 위해서 일부러 그러는 거니? 제발 나도 좀 살자. 너, 내 연봉이 얼만지 아니?"

"내가… 알아야 하나?"

딕스는 뒷목을 잡고 비틀거렸다.

간혹 녀석이 쓸 만하다는 생각을 하다가도 이럴 땐 정말이지 살인 충동을 느끼는 딕스다.

"그, 그러면 서민적인 술로 교체하면 안 되냐?"

"취향에 안 맞더군."

"노, 노력은 할 수 있잖아."

"내가 왜?"

딕스의 뚜껑이 드디어 열렸다.

이젠 천벽을 와해시키는 최강의 협조자고 뭐고 간에 일단 룩센을 반쯤 죽여놓고 보자는 생각이 그를 휘감았다.

그때 갑판 망루에 있던 선원이 '부두다!' 라고 소리치지 않았다면 딕스는 정말 룩센과 피 튀기는 혈투를 벌였을 것이다.

'너… 운 좋은 줄 알아. 아드득.'

그의 이 가는 소리를 듣고 룩센이 한마디 한다.

"이 가는 건 안 좋다."

"내 취향이다, 이 시키야."

"그렇다면 존중하지. 돈."

시린 마음을 얼굴 가득 담아낸 딕스는 하늘을 보았다.

청명한 가을 하늘이 참으로 보기 좋았다.

저 눈부신 푸른 하늘 같은 환경이 언제쯤 자신의 마음에 찾아올까? 이 슬프고도 극단적이며 분개를 매일같이 먹고살아야 하는 자신의 삶은 언제쯤 돼야 남들처럼 평탄할까? 그런 날이 과연 오기나 할까?

이러한 생각에 딕스는 연방 깊은 한숨만 푹푹 내쉬었다.

"안소니 형님께 1만 골드 받았거든. 그러니까 여기서 딱 반이다."

딕스는 룩센에게 절망적인 표정으로 이리 말해주었다.

'저도 양심이 있으면 설마 더 달라고 하진 않겠지' 라는 바람을 가득 담고서.

"알았다."

룩센의 순순한 동의에 딕스는 순간적으로 너무나 기뻤다.

녀석이 속아 넘어갔다는 소소한 승리감! 그러다 곧 이런 자신에게 그는 깊은 환멸과 슬픔을 느꼈다.

'인생 참 먹먹하네. 휴우.'

제4장

화려한 귀국

DIX SAGA

알리힐 폰 뮬 공왕 내외를 비롯해 여러 대소 신료들과 엘리자베스 공주가 지켜보는 가운데 딕스는 시종장의 호명을 받아 대전으로 걸어 들어갔다.

딕스의 옷차림은 평소와 달리 움직이기 거북한 고풍스러운 남색 관복이었다.

사람들의 시선을 받으며 당당히 공왕 알리힐 앞으로 걸어간 딕스는 경건한 표정으로 한쪽 무릎을 꿇었다.

그러곤 충성의 맹세를 의미하는 예로 심장에 제 오른손 주먹을 붙였다.

"신 딕스, 공왕 전하를 알현하옵니다!"

살짝 떨려 나오는 딕스의 음성엔 경직감과 긴장감이 서려 있었다.

오늘은 그에게 있어 참으로 역사적인 날이다.

시골 평민에서 일약 훈작이 되었다가 이젠 놀랍게도 세습이 가능한 대귀족의 반열에 올라서게 되었다.

더불어 영지까지.

의젓한 그의 모습을 부드러운 표정으로 보던 알리힐 공왕은 시종장이 가져온 임명장을 받아 들며 그 표정을 엄숙하게 고쳤다.

공왕의 목소리가 넓은 대전에 울려 퍼진다.

"마법부의 딕스 경에게 백작의 작위와 영지를 하사하며 아울러 시리우스란 성을 함께 내리겠노라. 그간 딕스 경은 조국을 위해 자신의 위험을 도외시하며 불철주야 노력을 경주해 왔다. 또한 대외에 뮬 공국인의 덕과 자비를 알려 만인의 귀감을 샀노라. 이 자리에 있는 그 누구라도 딕스 경에게 내려진 작위와 영지가 부당하다고 생각하면 나오시오."

나서는 이 하나 없다.

공왕은 빙그레 웃으며 말을 이어나갔다.

"이제 뮬 공국에 새로운 귀족이 탄생했소. 모두 딕스 르 시리우스 백작을 축하해 주기 바라오."

엄숙한 분위기에서 진행된 식은 그렇게 공왕의 힘찬 선포로 끝을 향해 가고 있었다.

공국 역사상, 아니, 대륙 역사에서 평민에다 미성년에 불과한 이가 훈작에서 단숨에 백작이 된 예는 없었다.

이는 많은 이들의 시기와 질투를 불러일으킬 노릇이다.

하나 이 자리에 참석한 그 누구도 이에 이의를 달지 않았으며 그를 질투하지도 않았다.

17세 5서클 마법사란 타이틀 이외에도 그의 지난 공적과 꾸준히 쌓아온 인맥은 폭넓었다.

이러니 어찌 그의 작위 수여식에 반대하겠는가.

"일어서시오, 딕스 경."

"예, 전하."

진중하게 몸을 일으켜 세운 딕스는 공왕의 손짓에 따라 돌아선 뒤 눈앞에 늘어선 사람들을 쭉 둘러보았다.

모두가 환한 얼굴로 그를 향해 박수갈채를 아끼지 않았다.

딕스는 모두에게 정중히 인사한 뒤 소감을 밝혔다.

"감사합니다. 공국의 귀족으로서, 그리고 영주로서 조국의 안녕과 평화를 위해 더욱더 노력하겠습니다. 부족한 저를 이처럼 축하해 주셔서 진정 감사를 드립니다."

와아아아아!

짝짝짝!

"멋지오, 딕스 백작! 하하하하."

"시리우스 가문의 축복이 함께하길 바랍니다."

한참의 환호와 박수가 끝나고 모두 별궁에 마련된 연회장으로 향했다.

사람들과 인사를 나누며 이동하던 딕스는 이 무리에서 슬쩍 빠진 뒤 엘리자베스 공주를 향해 걸어갔다.

귀국 후 여러 복잡한 일들이 생기는 바람에 딕스는 그녀에게 자신의 마음을 전할 수 없었고, 공주 역시 여러 국내외 현안을 처리하느라 바빠서 사적으로 만날 시간이 없었다.

그래서 이참에 딕스는 그녀와 사적인 시간을 가지려 하고 있었다.

아니, 자신의 마음을 풀어 보이려고 단단히 마음먹었다.

"공주님."

"축하해요, 딕스 경."

엘리자베스 공주를 바라보는 딕스의 시선은 이전과 많이 달라져 있었다.

공주 역시 이를 느꼈는지 그 행동이 평소와 달리 부자연스러웠다.

이는 그를 그녀가 부담스러워해서가 아니었다.

여자로서의 직감이랄까?

두근두근.

공주의 심장이 빠르게 뛰기 시작한다.

공주와의 짧은 눈인사 후 딕스는 자신을 바라보는 그녀의 수호 기사 스칼렛을 바라보며 정중하게 부탁했다.

"스칼렛 기사님, 공주님은 제가 에스코트하겠습니다. 양해해 주십시오."

스칼렛이 엘리자베스 공주를 바라본다.

그녀에게 명령을 내릴 수 있는 사람은 이 세상에 딱 한 명 뿐이다.

물론 위기 상황에서는 스칼렛 독단으로 공주를 움직일 수 있다.

하나 지금은 그러한 위기 상황이 아니다.

"스칼렛 경, 딕스 경과 함께 갈 테니 먼저 가세요."

공주의 음성이 살짝 떨린다.

육감은 근거가 없다.

그러나 여자의 육감은 때론 근거 따위를 무시하고 백 퍼센트의 적중률을 자랑하곤 한다.

이 때문에 공주는 딕스의 표정과 눈빛을 한순간도 놓치지 않고 관찰하고 있었다.

다행히 나쁜 이야기는 아니라는 결론을 그녀는 얻었다.

"알겠습니다. 딕스 경, 공주님을 부탁하겠습니다."

"걱정하지 마세요."

딕스는 공주를 에스코트하며 연회장 밖으로 걸음을 옮겼다.

서로를 의식하자 남녀 사이에 어색한 공기가 흐른다.

"잘 지내셨죠?"

"으, 응."

공주의 얼굴이 점점 붉어진다.

그녀의 두 눈은 자신과 딕스의 그림자가 겹쳐진 곳에서 떠나지 않았다.

그림자의 모습만 보면 다정한 연인이 기대어 앉은 모습이다.

"별이 참 많네요."

"그러게."

어떤 식으로 말을 풀어나가야 할까? 안소니 국왕의 면전에서 선전포고(?)를 당차게 했지만 막상 당사자인 엘리자베스 공주와 마주하자 입이 좀처럼 떨어지지 않았다.

이럴 줄 알았으면 안드로메다의 최근 신작을 사서 읽을걸 하는 후회가 밀려온다.

그럼 좀 더 매끄럽고 유연하게 이 상황을 이끌어 나갈 수 있을 텐데.

하지만 그건 연애 기술일 뿐이다.

자신은 지금 자신의 진심을 그녀에게 보여주려고 하는 게 아닌가.

사랑은 스킬이 아니다. 진심이다.

"저… 공주님 생각을 참 많이 했습니다."

두근두근두근.

공주의 심장박동이 점점 커지고 빨라진다.

직감에 확신이 더해져서다.

딕스의 심장 역시 흥분으로 세차게 맥동한다.

일단 포문을 열었고, 심지는 타들어간다.

점점 다소곳해지는 공주의 자태에 딕스의 가슴 깊은 곳에서 불길이 확 퍼진다.

이 열기는 소리 없이 공주의 마음속으로 파고들어서 흘러들어가고 있었다.

자신을 향한 공주의 눈빛에 딕스는 머뭇거리면서 순차적으로 나가자고 생각했다.

"공주님, 죄송합니다."

잔뜩 기대했던 공주는 느닷없는 그의 사과에 내심 적잖이 당황했다.

자신의 직감이 틀린 걸까?

불안감이란 차가운 바람이 공주의 가슴속에서 분다.

공주의 안색이 굳어진다.

"그게 무슨 말이죠? 딕스 경."

공주의 어투가 사뭇 날카롭다.

아니, 그것은 섭섭함의 표현이었다.

어찌 딕스가 그녀의 감정을 속속들이 알겠는가.

고삐 풀린 망아지처럼 날뛰는 자신의 감정을 추스르기에도 급급한 것을.

꿀꺽.

망설여진다.

자신이 지금부터 하고자 하는 말에 그녀가 생각지도 못한 반응을 보일까 봐서.

사랑에는 용기가 필요하다. 객기라도 좋다.

사랑에 있어서 망설임이란 실속이 없는 요란한 포장일 뿐이다.

흐읍.

숨을 크게 들이켠 딕스는 최대한 진지하게…

"안소니 국왕께 제가 선전포고를 했습니다."

"선전포고!?"

공주의 두 눈이 순간 흔들린다.

그의 선전포고는 사전적인 그 의미가 아닐 것이다.

뮬의 귀족들은 안소니 국왕과 엘리자베스 공주의 혼담의 성사를 적극적으로 밀고 있었다.

어찌 이를 딕스가 모르랴.

그렇다는 것은!

"안소니 국왕께서 제게 공주님과 본인의 혼담의 매파가 되어주기를 요청했습니다."

공주는 두 손을 모은 채 그의 이야기를 경청했다.

곁눈질로 공주를 바라보면서 딕스는 말을 이어나갔다.

"전 거절했습니다."

"…왜?"

딕스의 마음을 공주는 이미 알아차렸다, 이 순간 그가 자신에게 무슨 말을 할 것인지를.

그렇게 다 알면서도 공주는 시침을 뗐다.

기쁜 마음으로.

그리고 자신을 애태운 복수도 할 겸.

빙긋.

공주의 입가에 지어진 미소가 점점 짙어진다.

"제가 먼저 공주님께 고백하겠다고 했습니다."

"무슨 고백이죠? 딕스 경."

딕스는 공주의 반문에 당황했다.

이쯤 말하면 다 알아들었을 텐데도 시침이라니.

그럼 이것은 거절의 우회적인 표현이 아닐까? 문득 이 생각이 들자 딕스는 망설여졌다.

'뭐야? 이러다 개쪽 당하는 거 아냐?'

하지 말까? 말하지 말라는 신호일 수도 있는데. 왠지 그럴 것 같은데…

휘이이이잉.

후끈 달아올랐던, 전의로 타오르던 그의 마음속으로 차가운 바람이 불었다.

순간 딕스는 소심한 남자가 되어버리고 말았다.

갑자기 꿀 먹은 벙어리가 되어버린 딕스로 인해 엘리자베스 공주는 그 속이 타들어가기 시작했다.

"말 안 해?"

이러다 일이 잘못될지도 모른다고 생각한 공주는 제 풀에 지쳐서 그를 재촉한다.

딕스는 이 순간 머리를 열심히 굴렸다.

그렇게 치열하게 생각한 끝에 그는 결론을 내렸다.

깨질 때 깨지더라도, 개쪽을 당할 때 당하더라도!

"공주님을… 그러니까 공주님을… 에, 으음, 하아, 휴우."

딕스의 모습이 공주는 귀엽고 사랑스러웠다.

저 하나하나의 망설임 속에 담겨 있는 그의 진심이 빛나고 예뻐 보였다.

이쯤에서 그만 그의 속을 편하게 해줄까? 하는 생각도 들었다.

하지만 너무 싶게 응해 버리면 그가 자신을 깔볼지도 모른다는 생각이 들었다.

그에게는 이미 두 명의 여자가 있었으니까.

갑자기 그 생각이 떠오르자 공주의 마음에 섭섭함과 질투의 불길이 확 일어난다.

얄미운 생각이 들었지만 쩔쩔매는 딕스를 보자 놀랍게도 이 마음은 순식간에 공주의 마음에서 자취를 감추었다.

인생도, 사랑도 선택이다.

공주는 이미 딕스를 자신의 남자로 선택하고 있었다.

엘리자베스 공주는 그를 향해 수줍음이 섞인 부드러움으로 격려한다.

"미리 겁부터 내지 마."

"예?"

"바보야, 그만 생각하고 이제 말하란 말이야. 숨넘어가겠다고! 칫."

세상에서 이처럼 듣기 좋은 말이 또 있을까? 바보야!

전전긍긍하던 딕스의 표정이 그제야 확 갠다.

비정상적으로 돌아가던 그의 머리가 그제야 정상으로 돌아간다.

'뭐지? 공주님이 방금 날 놀린 건가?'

분한 마음이 드냐고? 천만에.

기쁘고 신 나는 마음에 일어나서 엉덩이춤이라도 추고 싶다.

그녀를 웃게 할 수 있다면, 저 마음에 보답할 수만 있다면 뭔들 못 할까.

하지만 그건 훗날에도 얼마든지 해줄 수 있다.

그녀를 웃게 해주고, 늘 빛으로 충만한 기쁨으로 살게 해줄 수 있다.

반드시 그리할 것이고, 그리할 것이다.

지금은 진지하게 자신의 진심을 보여줄 때다.

"저는 공주님의 남자가 되고 싶습니다."

더 이상의 말은 필요 없다.

딕스에게 고백을 받은 공주는 그의 입술에 자신의 입술을 포개었다.

서로의 숨결을 나누고 서로의 마음을 반반씩 나누어 가진다.

이것이면 되었다.

영원의 시간까지 초월해 버린 이 순간이면 되었다. 더 무엇을 바랄까.

딕스는 지인들을 불러 성대한 축하 파티를 열었다.

하나 그의 인맥이 워낙에 넓은 탓에 파티는 하루가 아닌 무려 일주일간 내리 계속되었다.

그를 모르는 자들도 이 파티에 오고 싶어 했다.

그들은 초대장을 비싼 가격으로 구입해 파티의 말석에 엉덩이를 붙인다.

공국의 실세!

그 하나만으로도 딕스의 파티는 초만원을 이루기에 충분하다.

자신의 파티 초대장이 고가에 팔리고 있음을 어찌 딕스가 모르랴.

알면서도 그는 이를 모른 척했다.

오히려 그는 초대장 판매를 배후에서 적극적으로 권장하고 있었다.

이러다 보니 선물은 산을 이루었고, 축의금은 놀라울 만큼

짭짤했다.

그렇다고 해서 그가 마냥 행복한 것은 아니었다.

이유는…

벌컥벌컥.

축의금으로 받은 돈이 또 룩센의 입속으로 콸콸 쏟아져 들어간다.

"하아."

"웬 한숨이냐?"

"너도 너 같은 놈이랑 붙어 다니면 나처럼 될 게다."

딕스는 매우 허탈한 표정으로 대답했다.

녀석에 대해 초탈해질 법도 한데 딕스에게서는 도무지 그럴 기미가 눈곱만큼도 보이지 않았다.

룩센도 동의를 하는지 얌전히 술만 들이부었다.

그때 딕스의 저택을 총관리하는 집사 젤이 찾아왔다.

"주인님을 뵙겠다며 누군가 찾아왔습니다."

손님이란 말에 반색한 딕스는 반사적으로 엉덩이가 들썩거렸다.

지금까지 찾아온 손님치고 빈손으로 온 사람은 아무도 없었다.

이번엔 또 무슨 선물이 들어올까. 내심 기대하며 딕스가 말한다.

"신분은?"

"외국인입니다. 성함이 바로라고 하더군요."

"바로라고!"

깜짝 놀란 표정으로 딕스가 벌떡 일어서자 이에 살짝 놀란 젤이 뒷걸음질 치며 간신히 대답했다.

"예, 혹시 무슨 문제라도?"

"아니야, 그래, 그는 어디 있지?"

"일단 응접실에 모셨습니다. 인상이 험악스러워 남자 하인들로 하여금 지켜보게 했는데… 아시는 분인가요?"

참고로 딕스의 저택엔 그 흔한 사병 하나 없다.

그래서 남자 하인들이 몽둥이를 들고 돌아다니며 집 안의 경비를 맡고 있었다.

얼마 전 저택에 도둑이 침입했다.

파티를 여느라 번잡한 상황이었다.

그때 제법 값나가는 물건들이 도난당한 바 있었다.

딕스는 자신의 부재중에 혹시라도 문제가 발생할 것을 우려해 사병을 양성할 생각을 갖게 됐다.

어차피 이젠 대귀족인 데다 번듯한 영지까지 있으니 누가 뭐라 할 이유도 없었다.

뭐, 당장 병사들을 모집하고 그들을 훈련시키는 것이 쉽지 않았기에 영지의 부친과 상의한 뒤 결정하기로 하고 일단은 미루어두고 있었다.

그런데 마침 바로가 찾아오자 이 문제의 조속한 해결책이 눈에 확 보였다.

잰걸음으로 딕스는 1층 응접실로 향했다.

벌컥!

문을 활짝 열어젖힌 딕스는 커다란 덩치의 남자를 볼 수 있었다.

바로를 처음 보면 대부분의 사람들은 그의 덩치와 인상에 위축된다.

하나 저 얼굴과 덩치와 포스가 딕스는 오히려 기쁘기만 하다.

"딕스 님."

어색한 자세로 앉아 있던 바로가 후다닥 일어나선 딕스를 향해 예를 올리며 반가움을 드러냈다.

바로의 이와 같은 행동에 딕스는 자신의 저택에 그가 압도당해 그런 것이라 생각했다.

그러자 괜히 목과 어깨에 힘이 들어갔다.

집이 없어 사부의 집에 그처럼 오래 얹혀 지낸 게 아니라는 것을 이리 증명했으니 어찌 뿌듯하지 않겠는가.

어딜 내놔도 딕스의 저택은 절대 꿀리지 않는다.

사부의 저택에 비해 규모가 작긴 했지만 아기자기함과 고급스러움은 그의 저택이 훨씬 낫다.

"바로 천장, 오랜만이오. 하하."

성큼성큼 바로를 향해 걸어가던 딕스는 순간 걸음을 멈칫했다.

그의 덩치에 가려 보이지 않았던 뒤쪽이 그제야 보였기 때문이다.

룩센의 로브와는 질적으로 다른 세련된 여성용 로브 차림의 두 인영이 천천히 몸을 일으키고 있었다.

'레이첼, 시모나!'

주춤.

아직 딕스는 그녀들을 만날 마음의 준비를 갖추지 못했다.

이런 상황에서 이처럼 불시에 두 여자가 찾아오니 뻔뻔한 편인 딕스도 이 순간만큼은 당황하지 않을 수 없었다.

"오랜만에 뵙습니다, 딕스 님."

딕스의 눈길이 자신의 뒤쪽에 머물자 바로는 그의 눈치를 살피며 옆으로 물러섰다.

레이첼과 시모나를 보자 바로의 큰 덩치도 이 순간 눈에 들어오지 않는 딕스였다.

두근두근.

"딕스 님."

후드를 뒤로 젖힌 시모나의 환한 웃음에 딕스는 온전한 마음으로 마주 보며 웃어줄 수 없었다.

이래서 인생은 꺼림칙함 없이 살아야 하는 법이다.

그리고 그 옆, 딕스의 영원한 생인손인 레이첼이 눈부신 미소를 지으며 앞으로 걸어 나왔다.

더욱더 아름다워진 레이첼이다.

"두 사람이 여긴 어쩐……."

일로 왔느냐?

이 얼마나 우습고 못난 질문인가.

제 남자의 집에 제 여자들이 찾아왔다.

이상할 게 없다.

그런데 그들에게 오랜만에 본 연인이 한다는 소리가 어쩐 일이냐고 한다면 그 기분들이 어떻겠는가.

급히 말을 흐린 딕스는 곧 크게 웃으며 두 여자를 향해 성큼성큼 걸어가선 한 번에 둘을 껴안았다.

딕스의 한 품에 쏙 들어오는 두 여자.

"축하드려요. 여기서 딕스 님의 소식을 전해 들었어요."

시모나의 축하에 딕스는 마음을 굳게 먹은 뒤 활발한 목소리로 대답했다.

"고마워, 시모나. 그런데 시모나는 더 예뻐진 것 같아. 눈부셔서 제대로 못 보겠는데. 하하."

"정말요?"

"정말이지. 그리고 우리 레이첼은 여전히 예쁘고. 하하하, 참! 식사는?"

"오면서 먹었어요. 그보다 집이 참 우아하고 아름다워요. 동화 속에 나오는 궁전 같아요."

군부대 같은 파울의 저택만 보다가 딕스의 저택을 보았으니 시모나의 감상은 이럴 수밖에 없다.

그렇다고 딕스의 저택이 평범한 축에 속하는 것은 아니다.

이전 이 저택의 주인은 후작이었다.

재력과 지위를 두루 갖춘 이가 어찌 허접스러운 저택에 만족하며 살겠는가.

딕스는 젤을 불러 이들이 쓸 방과 집 구경을 시켜줄 것을 당부한 뒤 바로와 마주 앉았다.

"사부님은 잘 계시오?"

"예, 정정하십니다. 그보다 일이 생겼습니다, 딕스 님."

"일? 무슨……."

"학자, 벵갈이 살해당했습니다."

딕스의 표정이 순간 눈에 띄게 굳어버렸다.

"그가 성과를 냈소?"

"예, 그 성과의 결과물을 만들다가 변을 당한 것 같습니다. 그림자단이 이 사건을 조사 중입니다."

그림자단은 자이라 부족이 운용하는 정보부로, 파울이 크게 공을 들인 조직이다.

'벵갈이 밝혀낸 것이 과연 무엇이었을까? 그리고 대체 누가 그를?'

"누구냐!"

낯선 인영을 발견한 바로가 벌떡 일어나 창문 쪽을 매섭게 노려보며 발검 준비를 했다.

이처럼 기척 없이 등장할 수 있는 존재는 이 집에 딱 한 명 뿐이다.

"천벽의 산하 조직일 것이다."

두 사람의 앞서 대화를 모두 들은 것인지 룩센이 덤덤하게 말했다.

이는 룩센 개인의 추리다.

룩센의 말에 딕스의 표정이 경직됐다.

천벽이 자신의 주변에서 살인을 저질렀다.

이는 결코 대수로이 넘길 수 없는 중차대한 사안이었다.

벵갈이란 사학자와는 딱 한 번 본 것이 전부였지만 그 역시 자신의 주변인이다.

"그들이 왜?"

"그 학자와 천벽은 동일한 것을 찾고 있었을 테니까."

"그게 무슨 뜻이지?"

창턱에서 몸을 내린 룩센은 느릿한 걸음으로 문 쪽으로 걸어갔다.

문고리를 돌리며 룩센이 말했다.

"싸울 준비나 잘해라. 너… 제대로 찍힌 것 같으니까."

굉장히 불길하고 찜찜한 소리를 남기며 룩센은 퇴장했다.

유령처럼 등장했다가 괴이한 말만 남기고 사라진 룩센으로 인해 바로는 약간 혼란스러워했다.

"딕스 님, 저 작자는 무엇입니까? 어떻게 유령처럼 홀연히 나타날 수가 있지요?"

"바로 천장, 그는 원래 그런 녀석이오. 그리고 얘기는 나중에 합시다. 먼 길 오느라 정말 고생했소."

머릿속이 순식간에 난마처럼 엉켜 버린 딕스다.

지금은 생각의 정리가 급했다.

제대로 찍혔다!

룩셴이 남긴 이 말이 딕스의 귓가에 달라붙어 영 떨어지지 않는다.

'내가 먼저 찍어야 한다. 내가… 먼저!'

싸움의 기본은 기습이다.

더욱이 노출된 입장에서 강대한 적의 기습이란 가장 두려운 노릇이 아닐 수 없었다.

딕스는 발등에 불이 떨어진 듯한 기분에 휩싸였다.

"참, 바로 천장."

"…예."

"당분간 내 집에 머물러 주시오. 그럼 나중에 봅시다."

저벅저벅.

바닥을 딛는 딕스의 발걸음이 유독 무겁다.

이는 그의 현재 심정에 비하면 빙산의 일각의 일각에 불과할 뿐이다.

'시간이 좀 더 있을 줄 알았더니. 휴우.'

스윽.

연못 위 정자.

달을 머금은 연못을 그림 같은 자태로 바라보던 한 여인의 어깨 위로 누군가의 손이 올라간다.

여인은 제 볼로 이 손을 부드럽게 어루만지며 그를 향한 애정을 표현했다.

한 폭의 그림을 연상시킨 미녀는 레이첼이었다.

그녀의 반감을 사지 않으면서도 이처럼 애정 어린 어루만짐을 받을 수 있는 남자는 이 세상에 단 한 명뿐이다.

레이첼의 맞은편에 앉은 딕스가 그녀에게 말했다.

"잘 왔어, 레이첼."

엘리자베스 공주에 대한 이야기는 아직 밝히지 않았다.

그가 가장 염려하고 우려하는 사람은 바로 레이첼이었다.

시모나는 아버지와 든든한 자이라족이 배경에 있지만 그녀는 아무것도 가진 게 없었다.

여기에 그녀는 말까지 잃어버렸다.

딕스에게 레이첼은 가장 가슴 아픈 사랑이었다.

[건강해서 다행이에요. 수화는 잊지 않으셨네요?]

레이첼의 수화를 보노라니 다시 가슴 한편이 저려오는 딕스였다.

가장 위급할 때 자신이 그녀의 곁에 없었다.

그녀가 잃어버린 저 목소리는 전부 자신 탓이다.

이 일로 그는 무수한 밤을 홀로 가슴을 찢는 자책을 했다.

그렇다고 이를 레이첼에게 내색하지는 않았다.

자신보다 더 괴로운 사람이 바로 그녀였기 때문이다.

"당연하지. 참, 아버님은 잘 계신대? 언제 한번 같이 인사 드리러 가자."

[고마워요. 언제나… 신세만 지네요.]

"신세는 무슨… 레이첼이 있어서 내가 느끼는 행복에 비하면 너무나도 부족한걸."

레이첼을 품속으로 끌어당긴 딕스는 나직이 한숨을 내불었다.

지금 그녀에게 엘리자베스 공주 이야기를 하려 한다.

아마 괜찮다고 할 것이다.

제발 그 괜찮음이 말뿐이 아니라 마음까지였으면 하고 딕스는 간절히 바랐다.

그때 아버지의 말이 딕스의 뇌리에 떠올랐다.

네가 선택한 인생이 곧 너를 믿고 의지하는 아내와 자식들의 미래다.

과연 자신은 자신을 믿고 의지하는 자들의 밝은 미래가 되어줄 수 있을까?

　조금은 자신 없는 목소리로 내심 뇌까리는 딕스였다.

　품에서 레이첼을 조심스럽게 떼어낸 딕스는 경직된 얼굴로 천천히 그녀에게 말했다.

　레이첼의 얼굴에서 미소가 점점 사라졌다.

　커다란 눈망울에 슬픔이 눈물처럼 그렁그렁 매달렸다.

　마음이 몹시 아팠지만 딕스는 말을 멈추지 않았다.

　엘리자베스 공주에 대해 모두 밝힌 딕스는 그녀의 처분을 조심스럽게 기다렸다.

　아니, 크게 화내주길 바랐다.

　하지만 그의 바람은 이루어지지 않았다.

　[난 당신의 뜻을 존중해요.]

　아내와 연인에게 존중받는 남자는 뿌듯함을 느낀다… 라고 누군가 그랬다.

　하지만 이 순간 딕스는 뿌듯함보단 진한 아픔을 느꼈다.

　그렇다고 해서 자신의 결정을 후회하지는 않았다.

　엘리자베스, 레이첼, 시모나는 자신의 여자이기에.

　어찌 이들의 이름 앞에서 후회라는 말을 감히 입에, 그리고 생각에서조차 담겠는가.

　만약 돌을 맞아야 한다면 온전히 자신이 맞을 일이다.

　"미안하다고 말하지 못해. 그건 엘리자베스에게도 못 할 짓이니까. 그러니까 만약 미운 마음이 들면 나만 미워해 줄래? 그렇다고 너무 오래는 미워하지 마. 레이첼이 남을 미워하는 마음을 보는 게 싫거든."

[미워하지 않아요, 누구도.]

레이첼은 딕스의 마음을 헤아리곤 자신의 속내를 감추며 애써 웃음 지었다.

딕스는 그녀의 손을 부드럽게 그러쥐었다.

그녀에게 다시 목소리를 찾아줄 수 있다면 자신의 수명이라도 잘라 팔아버릴 텐데.

레이첼이 그에게 잡힌 손을 빼내며 허공에 수화를 그렸다.

[시모나 언니에겐 말했나요?]

"아니, 레이첼이 먼저라고 생각했어."

[그럼 언니에게도 말해주세요. 다른 사람의 입을 통해서 듣는 건 참으로 괴로운 일이 될 테니까요. 그리고 먼저 말해줘서 고마워요.]

"고마워, 레이첼."

레이첼을 품에 안은 딕스는 그녀와 함께 달을 바라보았다.

더 이상 그 무슨 말이 필요하겠는가.

지금은 서로의 존재감을 이처럼 느끼는 것이 서로에게 최고의 위안이다.

'앞으로 더 잘할게. 꼬오옥.'

뮬 공국에 정식으로 동맹 군사부가 설치됐다.

제국의 외교부는 북부가 대륙 평화를 훼손한다며 강도 높은 목소리로 이를 비난했다.

그동안 제국의 위세에 눌려 지내던 서부와 남부의 왕국들은 북부의 발 빠른 결단력에 내심 큰 박수를 쳐주었다.

이들의 박수갈채는 제국이 북부 동맹을 무너뜨리지 않는 이상 자신들의 왕국 또한 안전할 것이라는 생각에서였다.

비겁하지만 이것이 현실이다.

딕스는 엘리자베스 공주와 함께 동맹 군사부 개소식에 참여한 뒤 교외로 빠져나왔다.

"추수가 끝난 들판은 참 쓸쓸한 것 같아. 그렇지 않아?"

추위를 느낀 공주는 몸을 가볍게 떨며 코트 깃을 여몄다.

딕스는 그녀의 추위를 해결하기 위해 투명한 물의 막을 주변에 펼쳤다.

열천의 이 막은 공주의 추위를 순식간에 없애주었다.

"아! 마법사는 참 편리하네."

엘리자베스 공주 본인도 물의 마법사가 될 씨앗을 품고 있다.

그녀는 물의 재능자.

하지만 수련에 전념할 시간이 없었기에 그녀는 여전히 재능자에서 더 이상 발전이 없었다.

그녀의 문장은 물의 프사이(Ψ).

그러나 그 문장은 측근 몇몇을 제외하고는 본 사람이 전무하다.

약품을 이용해 이를 철저히 숨겨왔기 때문이다.

물의 힘을 갖고 태어난 이가 북쪽의 약한 나라에서 나올지니…
그로 말미암아 제국은 쇠락의 길을 걷게 되리라! 경계하고, 또 경
계할 일이로다.

어느 미친 예언가의 바로 이 예언 때문이었다.

'내가 그 예언을 현실로 만들어주마!'

현재 왕가의 반(半)일원인 딕스. 어쩜 제국의 그 예언가는
진짜배기였는지도 모른다.

북쪽에서 가장 약한 나라 뮬.

그리고 제국과 맞설 수밖에 없는 처지의 예지몽으로 탄생
된 전대미문의 마법사 딕스.

예상할 수 없는 운명의 조합이란 바로 이런 것이 아닐까 싶
다.

"부단한 노력으로 이룬 결과죠. 흠흠."

"칫, 제 자랑은 알아줘야 한다니까."

그를 향해 두 눈을 예쁘게 흘기면서 공주는 딕스의 곁으로
바짝 다가섰다.

꼭 잡은 두 손에서 서로의 감정과 온기를 나눈다.

그리고 함께 같은 곳을 본다.

이 상황에서 할 말은 아니지만 그래도 밝힐 건 밝혀야 한다.

담담해지려 했지만 살짝 긴장되는 것은 딕스로서도 어쩔 수 없었다.

"레이첼과 시모나가 왔어요."

이 사람에게도 미안하고, 저 사람에게도 미안하다.

하지만 그 티를 내지 않으려 했다.

한 번 내색하면 계속 미안한 마음으로 그녀들을 대해야 할 것 같아서다.

그리고 이기적이게도 모두를 자신의 여자로 만든 지금 목숨을 건 도박을 하러 가야 한다.

자신이 살아서 돌아오면 다행이지만 그러지 못하면 그녀들은 평생 자신을 마음에 박힌 가시처럼 안고 살아가야 할 것이다.

이 생각만 하면 딕스는 마음이 아프고 심란함이 이루 말할 수 없이 컸다.

"알아."

"어떻게?"

"내 남자의 주변을 모를 만큼 난 어리석지 않아."

"헤헤, 듣기 좋은데요. 내 남자라. 그럼 공주님은……."

"베스라 불러, 둘이 있을 땐."

"내 여자의 넓은 아량에 소인, 감지덕지입니다요."

피식.

"내가 이러니 널 미워하려야 미워할 수 없는 거야. 그 무기로 앞으로는 딴 여자한테 치근거리지 마. 넌 모르겠지만 그게 너의 치명적인 매력이거든. 호호호."

딕스의 정면으로 돌아선 엘리자베스는 그의 양 볼을 힘주어서 쭉 늘어뜨렸다.

이건 남자에 대한 모독이다.

어찌 아녀자가 감히 남자의 양 볼을 이처럼 쫙쫙 늘어뜨릴 수 있단 말인가.

그것도 아프게.

받은 만큼 돌려준다.

아니, 사채 이자율로 계산해서 돌려준다는 주의가 바로 딕스다.

하지만 당해도 복수할 수 없는 대상들이 있다.

그게 바로 이 여자다.

'우씨, 키스하는 줄 알았는데 이게 뭐야? 내가 얼란가!'

딕스의 속마음을 읽었는지 엘리자베스 공주는 그의 입술에 자신의 입술을 스치듯 살짝 댔다.

감질나는 이 스킨십에 딕스는 사내답게 저돌적으로 그녀를 확 끌어안은 뒤 진하게 키스했다.

두 사람의 애정 행각은 시든 가을 들판을 다시 생명력으로 가득 채웠다.

　서로의 타액을 열심히 빨아 먹던 둘은 거칠어진 숨을 몰아쉬며 떨어졌다.

　홍조 가득한 얼굴로 엘리자베스 공주가 돌연 들판을 달리기 시작했다.

　'왜 저래?'

　딕스는 그녀를 쫓아가지 않았다.

　그냥 그곳에 서서 멀뚱히 그녀가 뛰는 모습만 보았다.

　움직이는 공주의 뒤태는… 예술이었다.

　넋 놓고 이를 보고 있던 딕스를 향해 공주가 저만치서 화난 어조로 소리쳤다.

　"나 민망하게 할 거야!"

　"가요. 가!"

　딕스는 공주를 향해 뛰었다.

　그러자 공주는 호호거리며 다시 뛰기 시작했다.

　이 모습을 누군가 지켜보고 있다.

　벌컥벌컥.

　"저러고 싶을까? 바보들."

　룩센이었다.

　그리고 이런 그를 노려보는 한 시선. 공주의 수호 기사 스칼렛.

　"누구보고 바보라고 하는 거지, 거적때기?"

스칼렛은 처음부터 룩센을 좋아하지 않았다.

얼굴을 감춘 저 후드가 그의 인상을 나쁘게 한 것이다.

룩센은 스칼렛이 귀찮은 파리라도 되는 듯 아예 쳐다보지도 않고 혼잣말처럼 중얼거렸다.

"네가 생각하는 녀석들."

"무엄하다."

"뭐가?"

"진정 모른단 말이냐?"

스칼렛의 얼굴에 노기가 가득 차올랐다.

피식.

후드 속 룩센의 입 매무새가 비틀린다.

"충성스러운 기사군. 검은 뽑지 마라. 그 검을 뽑는 순간⋯ 넌 죽는다."

스으으윽.

바람이 불지 않았다.

그럼에도 불구하고 스칼렛은 바람을 느꼈다.

그것은 무겁고 위험하며 예리한 바람이었다.

흠칫.

이 바람의 원인을 스칼렛은 어렵지 않게 알아차렸다.

룩센을 쏘아보는 스칼렛의 눈동자가 미세하게 흔들린다.

자신이 상대할 수 없는 자다.

이를 느꼈지만 한참 동안 그녀는 룩센을 쏘아보다가 고개를 홱 틀어버렸다.

'치잇!'

분했다.

패배를 시인할 수밖에 없는 자신이.

스칼렛은 두 주먹을 불끈 말아 쥐면서 다짐했다.

제 몸이 부서지는 한이 있더라도 반드시 강해지리라고.

"주제 파악은 훌륭한 자세다, 기사여."

벌컥벌컥.

룩센이 다시 술을 입에 들이붓는다.

어느새 지평선까지 달려간 딕스와 공주.

이들의 때려주고 싶은 얄미운 웃음이 두 솔로가 있는 곳까지 날아든다.

휘이이잉.

가을… 참 춥다.

최선을 다하자!

우열을 가릴 수 없는 자신의 여자들을 향한 딕스의 발악(?)과도 같은 마음이다.

엘리자베스, 시모나, 레이첼.

태어난 곳과 환경, 나이도 서로 다르지만 그녀들에겐 하나의 공통점이 있었다.

자신들의 운명이 한 남자를 만나며 가족으로 이어졌다는

것이다.

세 명의 눈부신 미녀와 함께 딕스는 온천 도시로 여행을 왔다.

공주의 스케줄이 워낙에 빡빡하다 보니 모두가 함께하는 여행은 사실 성사되기 어려웠다.

하나 이 여행의 참 의미를 알고 있었기에 공주는 스케줄 조정을 통해 이 자리에 참석했다.

최신형 고급 마차와 익스퍼트급 기사들의 호위.

그리고 도시 루브자에서 가장 크고 화려한 여관의 특별 객실까지.

하나부터 열까지 최고급 풀코스로 계획된 여행이었다.

비용은 물론 딕스의 호주머니에서 나왔다.

"이 침대 좋은데."

널찍한 침대에 몸을 던진 딕스는 이리저리 뒹굴 거리며 제여자들을 향해 손짓했다.

서로 눈치를 보느라 아무도 그의 곁으로 선뜻 다가오려 하지 않았다.

아직은 서로가 낯설고 어색한 그런 관계이다 보니.

더욱이 공주와 레이첼은 대화 자체가 안 되는 상황이다.

중간에 시모나가 통역을 해주었지만 직접적인 대화가 안되다 보니 친밀감을 높이기까지는 시간이 꽤 걸릴 듯했다.

여자들은 짐을 각자의 방으로 가져갔다.

고가인 특별 객실의 단점이 여기서 드러났다.

객실은 하나지만 방은 다섯이라는 점이다.

그나마 테라스의 가족탕은 하나뿐이라 모두가 함께 써야 한다.

날씨가 쌀쌀해지면 호황을 맞는 곳이 바로 온천 도시다.

많은 이들이 찾는 이 시기에 도시는 관광객을 위한 축제를 열었다.

때마침 축제 개막일에 딕스 일행은 도시 루브자에 들어왔다.

멀뚱멀뚱한 모양새로 앉아 있는 그의 곁으로 불청객이 불쑥 등장했다.

제 여자들의 엉덩이를 먼저 붙이게 하고 싶었던 신성한 침대를 더럽힌 녀석.

"내가 왜 그 곰 같은 녀석과 한방을 써야 하지?"

룩센이다.

그는 바로와 한방을 배정받았다.

혼자 있는 걸 좋아하는 룩센에게 바로처럼 덩치 큰 녀석과의 합방(?)은 불만일 수밖에 없었다.

"어따 엉덩이를 붙여. 아직 개시도 안 했는데!"

버럭 소리 지르며 룩센을 밀치려 했지만 딕스는 허공에 삽질하는 모양새로 쓰러졌다.

이래서 뿌리 없는 놈들과는 친해지지 말아야 하는 법이다.

"힘은 막 사용하는 게 아니라며!"

"내 몸을 지키기 위해선 써도 된다. 그보다 방 바꿔줘."

"안 돼. 그 방도 어렵게 예약한 거야."

벌컥벌컥.

룩센은 방을 바꿔주기 전까지, 아니, 독실을 주기 전까지는 절대 나가지 않겠다는 각오를 물씬 풍겼다.

"너 이 시키, 내가 뭐라고 했어. 나 방해하지 말라고 했지."

"난 방만 바꿔주면 된다."

"방이 없다니까! 너, 이 여관에 객실 못 잡아서 돌아가는 사람들 봤지. 지금 성수기라서 방 구하기 힘들어. 그러니까 바로와 함께 방 써라. 바로가 덩치는 그래도 굉장히 좋은 사람이야."

"그럼 네가 그 곰과 한방 써."

벌컥벌컥.

"야! 이 시키야, 내가 미쳤다고 그 곰, 아니, 바로랑 한방 쓰냐."

"그럼 난 안 나간다, 여기서."

룩센이 고집을 피우자 딕스는 괴로운 표정으로 제 머리카락을 쥐어뜯었다.

자학을 그만둔 딕스는 애써 표정을 부드럽게 고친다.

"룩센아, 이번 여행이 내게 어떤 의민지 너도 잘 알잖아. 그러니까 삼 일만 꾹 참아라. 대신 네가 술 먹는다고 내 절대 뭐라 안 할게. 응?"

"난 네가 뭐라 해도 상관없다. 방이나 바꿔줘."

"이 자식이 정말! 나 미쳐 버리는 꼴 볼래!"

"그런 걸로 사람 안 미쳐. 방 바꿔줘."

룩센의 한결같은 대꾸에 딕스는 복장이 터져 버릴 것만 같았다.

결론은 이미 나와 있다.

딕스는 룩센의 고집에 항복했다.

"망할 자식, 기다려 봐."

"진작 그럴 것이지."

벌컥벌컥.

딕스는 곧장 여관 지배인을 찾아갔다.

문제는 없는 방을 어찌 여관 지배인이 내놓겠는가.

그렇다고 여기서 물러섰다간 룩센의 방해로 여행은 엉망진창이 될 게 뻔했다.

그러니 수단과 방법에 정도를 지킬 수 없는 딕스다.

"예약된 방 있죠?"

"있습니다만."

"그 명단 좀 줘봐요."

"안 됩니다. 고객의……."

"지배인, 나 어떤 사람인지 아시죠?"

"아, 알고 있습니다, 백작님."

"내가 군소리 안 나게 잘 처리할 테니까 일단 예약자 명단 줘봐요."

권력이 왜 좋은가!

안 되는 것을 되게 해서 좋은 것이다.

난처한 기색으로 주저하던 지배인이 두 눈을 질끈 감더니 명단을 딕스에게 넘겨줬다.

딕스는 명단을 꼼꼼히 살피기 시작했다.

그중 아는 이름 몇 개가 눈에 띄었다.

'이 사람은 좀 그렇고, 이 사람은… 가족 여행이군. 아, 그럼 안 되고. 엉? 이 사람은… 불륜인가?

딕스의 두 눈이 순간 크게 빛난다.

방 빼라고 해도 군말 없을 녀석, 그리고 자신의 양심에 전혀 가책이 없을 그런 자를 찾아냈기 때문이다.

이래서 사람은 많이 아는 게 좋은 것이다.

"지배인."

"예, 백작님."

"블라자 자작이 예약한 방을 주세요."

"예? 고, 곤란합니다, 백작님."

"흐흐, 걱정 마세요. 블라자 자작이 절대 딴소리 못 하게 할 테니까. 설마 지배인에게 내가 거짓말하겠습니까? 나의 사회적인 위치와 체면이 있는데. 험."

설득과 협박을 통해 딕스는 블라자 자작이 예약한 방을 빼

냈다.

그러곤 객실로 곧장 올라와선 룩센을 향해 전력을 다해 열쇠를 집어 던졌다.

열쇠를 맞고 죽어버렸으면.

그런 일은 일어나지 않았다.

아쉽게도.

"내가 너 때문에 참 별짓을 다 한다. 별짓을 다 해! 그거 갖고 어서 꺼져! 술 귀신아."

열쇠를 받아 챙긴 룩센은 흡족한 얼굴로 방을 나갔지만 딕스는 룩센과 달리 불만으로 뚜껑이 열릴 지경이었다.

'젠장! 사신은 뭐하나! 저만 시키 안 잡아가고. 이래서 이쪽이나 저쪽이나 근면 성실이 중요하다니까. 근면 성실이!'

엘리자베스 공주의 안전을 고려해 일행은 너무 번잡한 곳은 피할 수밖에 없었다.

딕스의 능력이 아무리 출중하더라도 군중의 물결에 휩쓸리면 그도 딱히 방법이 없기 때문이다.

일행은 퍼레이드를 잘 볼 수 있는 전망 좋은 장소를 섭외해 그곳에서 최고급 식사와 함께 이를 관람했다.

어쨌든 이런 화려한 곳에서의 식사도 나쁘지만은 않았다.

돈이 많이 들긴 했지만 뭐, 그래도 사람들에게 이리저리 치이는 것보다는 이편이 훨씬 나은 데이트다.

'이게 행복인데. 하아.'

제 여인들을 보니 눈도 즐겁고, 마음도 즐겁고, 배도 절로
부른 딕스다.

즐거운 인생이 여기 이처럼 화려하게 피어 있는데 승리를
예측할 수 없는 위험한 전장으로 조만간 떠나야 한다.

그 생각만 하면 무서운 기세로 온몸에 소름이 돋는다.

저들 앞에서 어찌 자신의 심정을 드러낼 수 있겠는가.

모두의 즐거운 시간을 위해, 추억을 위해, 그리고 남자라
서⋯ 속으로 삭인다.

그래도 지금은 무척 행복한 딕스다.

"레이첼, 왜? 입에 안 맞아?"

고기를 잘 썰지 못하는 레이첼을 위해 딕스는 그녀의 접시
를 가져와서 정성껏 고기를 썰어 주었다.

그 모습을 공주와 시모나가 보더니 새침한 표정으로 제 접
시를 딕스 쪽으로 스윽 내밀었다.

한 접시나 세 접시나 고기 써는 게 무슨 대수겠는가.

다 제 여자들인 것을.

딕스는 즐거운 마음으로 그녀들의 고기를 정성을 다해서
신 나게 썰었다.

뽀각뽀각.

고기를 오물오물 먹는 그 입술을 보니 다시 배가 불러오는
딕스였다.

"왜 안 먹어?"

음식에 거의 손을 대지 않는 딕스를 본 공주가 의아한 표정으로, 걱정이 스며든 음성으로 물었다.

레이첼과 시모나도 걱정하며 그를 보았다.

음식을 앞에 두고 저처럼 제사 지내는 남자가 아니기에 다들 이리 반응한다.

"이상하게 배가 부르네."

"무슨 말이야?"

공주가 묻고 레이첼과 시모나가 고개를 갸웃거린다.

다들 오늘따라 딕스가 이상하다고 여겼다.

행동은 제각각이었지만 그들이 진심으로 자신을 걱정하는 것을 보자 딕스는 기분이 한층 더 좋아졌다.

이래서 다들 연애에 목을 매는구나 싶었다.

"세상에서 제일 아름다운 꽃들이 내 앞에 이리 만개했잖아. 그 향기만으로도 충분히 배가 불러."

세 여자가 동시에 나이프와 포크를 쥔 채 진저리 친다.

각각일 때는 그의 이 멘트를 참으로 좋아했던 그녀들이다.

그런데 지금은 다들 듣지 말아야 할 소리를 들은 듯 질색한다.

그러곤 저희끼리 쑥덕거렸다.

함께 목욕을 해서 그런가? 객실에 짐을 풀었을 때와 달리 무척이나 친해진 모습이다.

'나도 좀 껴주지. 쳇.'

아직은 완벽한 가족이라고 할 수 없다.

그러다 보니 여인들이 목욕하는 데 아쉽게도 동참할 수 없었던 딕스다.

아니, 사실은 몇 번 요청했지만 단호하게 거절당했다.

억지를 부리면 함께 못 할 것도 없었지만 그랬다간 음란한 변태 소리를 들을 것 같아서 꾹 눌러 참았다.

물러설 때를 아는 남자가 진정한 남자이기에.

그래도 뼈에 사무치게 아쉬운 건 어쩔 수 없다.

세 여자들이 어디 얼굴만 예쁘던가!

꿀 피부, 꿀 몸매, 꿀, 꿀, 꿀…

이래서 연인을 허니라고 부르나 보다.

'그래그래, 어서들 빨리 친해져라. 허물없는 사이가 얼른 돼라.'

딕스가 세 여인에게 바라는 점은 현재 이것이 유일했다.

그리고 어느 날 자신이 승리의 영광을 안고 돌아왔을 때 모두 함께 호호 하하 웃으며 서로의 몸을 씻겨주는…

"헤헤."

"바, 바보 같아, 딕스. 그 표정."

"무슨 생각을 하는 거예요, 딕스 님? 그 표정 다신 짓지 마세요. 방금 너무 무서웠어요."

[아프세요?]

엘리자베스, 시모나, 레이첼의 이러한 반응에 딕스는 급히 제 표정을 수습했다.

"나, 멀쩡해. 잠시……."

아, 뭐라고 대답해야 할까?

'당신들과 함께 목욕하는 상상을 했어!' 라고 했다간 세 여인의 지탄을 받을 게 분명하다.

그러니 이 상황을 피해갈 수 있는 적절한 멘트가…

"돈 줘."

어느새 룩센이 딕스의 등 뒤에서 홀연히 나타났다.

녀석은 뻔뻔하게도 남의 데이트를 방해하며 손을 내민다.

저 손모가지를 확 잘라 버리고 싶다.

하지만 그의 느닷없는 등장으로 굳이 변명을 하지 않아도 될 상황이 되었다.

룩센의 유령 같은 등장에 깜짝 놀란 세 여인.

그 모습에 딕스는…

'역시 내 개똥이구나!'

오늘은 기분도 좋고 하니 술이나 사 먹으라고 웃으며 돈을 줄 마음이 든 딕스다.

"여기 있다. 가서 술이나 사 먹어."

순순히 돈을 내주는 딕스의 태도에 룩센의 머리가 갸웃거린다.

이 괴벽한 녀석도 이 상황을 이해하기 힘든 모습이다.

그러거나 말거나 딕스는 룩센에게 돈을 쥐여 준 뒤 가보라며 손짓했다.

일단 돈을 챙긴 룩센이 또다시 고개를 갸웃거리며 한마디 한다.

"목욕하는 거 훔쳐봐서 기분이 좋아진 거구나. 거기 여자들, 목욕 자주 해라. 나도… 더불어 눈이 즐거웠다."

빠지직.

우당탕.

의자에서 벌떡 몸을 일으켜 세운 딕스는 룩센을 향해 전력으로 몸을 날렸다.

세상을 살다보면 지켜야 할 선이란 것이 있다.

방금 룩센은 그 선을 넘었다.

아니, 그보다 뭐? 저들의 목욕 장면을 봤다고? 감히 자신의 여자들의 알몸을!

화르륵.

"야, 이 개흉충이 시키! 도저히 못 참아! 오늘 너 죽고 나 죽자!"

딕스. 오늘도 룩센 때문에 제대로 뚜껑 열렸다.

그러나 그의 분노는 허공에서 허무하게 메아리치고 말았다.

룩센은 이미 그 자리에서 종적을 감추어 버렸기 때문이다.

세 쌍의 눈길이 딕스의 뒤통수로 내리꽂힌다.

어정쩡한 자세로 서 있던 딕스는 그 자세 그대로 식당 출입구 쪽으로 엉거주춤 걸어 나간다.

살다 살다 오늘처럼 민망해 보긴 처음이었다.

어디 미분양된 쥐구멍이라도 있다면 억만금을 들여서라도 분양받고 싶은 심정이었다.

엘리자베스 공주의 눈매가 날카로워졌다.

그녀는 허리에 양손을 척 걸치더니 딕스를 향해 의혹이 가득한 목소리로 말했다.

"그… 사람이 방금 한 이야기가 무슨 의미지? 대답해 줄래?"

시모나와 레이첼은 얼굴이 잔뜩 상기되어 그저 고개만 푹 숙인 채 쩔쩔매고 있었다.

여자 셋이 모이다 보니 별 뜻 없이 그의 험담을 했다.

그걸 그가 듣지 않았을까 먼저 걱정하는 두 사람이다.

반면 공주는 이들의 맏언니로서의 책임감 때문에 뭐라도 해야겠다는 생각에 딕스를 쏘아붙였다.

내심은 부끄러움으로 빨갛게 달아올랐으면서.

"난 여러분의 안전을 고려해서… 책임감, 뭐 그런 건데. 공주님, 그 시키 아주 질 나쁜 놈이니까 그 말 믿으면 안 돼요."

"질 나쁜 사람과 친구인 넌 뭐니?"

"그게 그러니까 그 시키랑 나랑은 절대 친구가 아닌데."

"휴우, 네가 우리랑 목욕하자고 조를 때부터 알아봤어. 이

변태! 시모나, 레이첼, 아무래도 오늘은 우리끼리 똘똘 뭉쳐서 자야겠다. 그만 나가자."

엘리자베스 공주의 주도로 반(反)딕스 연합이 결성됐다.

공주는 어찌 저리 결성하는 걸 좋아하는지.

세 여인이 딕스의 앞을 스쳐 지나간다.

시모나가 그를 바라보며 입 모양새로 이리 말한다.

[이해해요.]

대체 뭘 이해한단 걸까? 그리고 레이첼도 빠른 수화로 그에게 위로의 말을 전한다.

[잘 먹었어요.]

세 배의 행복이 순식간에 딕스의 코앞에서 그렇게 우르르 사라져 버렸다.

오늘 멋진 추억을 만들리라 단단히 결심하고 넓은 마음으로 목돈을 썼건만 결과가 이 모양 이 꼴이다.

너무 잘하려고 해도 안 되는 게 인생인가 보다.

털썩.

바닥에 주저앉은 딕스는 반들거리는 대리석 바닥을 룩센의 얼굴이라 생각하며 빡빡 긁었다.

참을 수 없는 이 분노.

그러나 어쩌랴.

그 시키는 바람 같은 존재인 것을.

빠드드득.

"어째 술술 잘 풀리나 싶더니만… 에휴."

그 누굴 탓하겠는가.

너무 예쁜 연인을 무려 셋씩이나 둔 자신을 탓할밖에.

그래도 없는 것보다야 많은 게 나은 법.

'가, 가만, 그러고 보니까 이 시키가 나한테 하루에 두, 두 번 삥 뜯었잖아!'

제5장

미래의 그날을 위해 가시밭길을 걷다

늦은 밤임에도 도시 루브자의 열기는 식지 않았다.

그 모습을 높은 종탑에서 한 인영이 내려다보며 와인병을 멋들어지게 기울이고 있었다.

펄럭.

차가운 바람이 룩센의 로브 자락을 힘차게 잡아당긴다.

위험천만한 곳에 앉아 그것도 음주를 즐기고 있다.

자살을 고려하지 않고서야 어찌…

하지만 룩센은 자살 따위 할 마음이 전혀 없었다.

누군가 낑낑거리며 종탑을 찾았다.

"이 시키야! 너, 나랑 진지하게 대화 좀 하자!"

물의 척후로 룩센을 수배한 딕스는 그를 발견하자마자 곧장 이곳으로 달려왔다.

딕스의 능력이 아무리 출중해도 도시 전역을 물의 척후로 뒤질 수는 없다.

평범한 인간은 결코 가지 않는 곳.

녀석이 평소 높은 곳을 좋아한다는 점을 기억하곤 수색 범위를 정했다.

문제는 막상 룩센을 찾았지만 녀석이 앉아 있는 급경사의 지붕에 도저히 올라갈 용기가 나지 않는다는 데 있었다.

"여긴 왜 왔냐?"

"내가 오고 싶어서 왔냐! 남의 연애사에 제대로 똥물 끼얹더니. 야야! 팔자 좋다. 팔자 좋아. 그 술이 목구멍으로 넘어가냐! 이 시키야! 그리고 왜 하루에 두 번이나 돈 달래? 너 그거 고용주에 대한 모독인 거 알아 몰라! 하긴 네가 그걸 알면 이제까지 그 지랄을 했겠냐마는… 야! 안 내려와! 대화 좀 하자니까!"

"여기까지 올라오면 진지한 대화… 고려하마."

"뭐?"

룩센의 제안에 딕스는 심각하게 이를 고민했다.

그는 창밖으로 고개를 쑥 내밀어 보았다.

아래를 보니 10년 전에 먹은 것까지 모조리 게워 올릴 것 같았다.

도저히 저 지붕까지는 올라갈 마음이 들지 않았다.

하지만 녀석이 진지한 대화를 고려한다고 하니 이 기회가 아깝기도 했다.

문제는 저 지붕까지 올라가려면 외벽의 좁은 턱을 밟고 가야 한다는 데 있다.

발을 까딱 잘못 헛디뎌도…

'인생 좋인데.'

"겁쟁이."

룩센이 사나이 가슴에 불을 질렀다.

발끈하긴 했지만 감정에 휘둘려서 목숨까지 걸고 싶지는 않았다.

이건 비겁함의 문제가 아닌 것이다.

"야야, 그러지 말고 여기 와서 이야기하자. 봐봐. 사람도 없고 조용하잖아."

딕스는 룩센을 내려오게 하려고 살살 달랬다.

여기에 넘어올 룩센이 아니다.

"공주가 너 찾는 것 같다. 가봐라."

"뭐?"

"혼자서 여관 옥상에서 어슬렁거리고 있군. 널 찾으러 나온 것 같은데 가봐."

딕스는 자신이 묵고 있는 여관을 찾기 위해 고개를 돌렸다.

안타깝게도 그의 위치에서는 절대 볼 수 없는 곳이다.

"정말이냐?"

"실수는 해도 헛소리는 안 해."

"알았다. 알았으니까 이거 하나만 물어보자."

"아프지 않게."

"어울리지 않는 농담 집어치워. 나 굉장히 진지하니까."

룩센은 고개를 끄떡이는 것으로 그의 질문을 받겠다는 의사를 밝혔다.

딕스는 그 즉시 질문을, 최대한 자신의 불같은 감정을 억누르며 말했다.

"너 이제까지 내게서 가져간 그 돈 모두 어디 쓴 거야? 내가 열심히 계산해 봤는데 이제까지 가져간 돈이면 네가 물처럼 퍼마시는 그 와인쯤은 서너 달, 아니, 일 년은 족히 사 먹을 수 있어. 그러니 이실직고해라. 너… 도박하냐?"

"내 인생에 도박이란… 너다, 딕스."

의미심장한 이 말을 끝으로 룩센은 종적을 감추어 버렸다.

짜증 나는 능력이다.

저 능력이 자신의 것이라면 기분 좋겠지만.

"야아아아아~!"

아무리 소리쳐도 무정한 룩센은 돌아오지 않았다.

부들부들.

"이 시키… 분명 도박한 거야. 아우, 빡치네."

상식적으로 그 많은 돈을 한 방에 다 날리는 방법은 도박뿐이다.

딕스는 공주에게 국내 도박장을 발본색원해 강력하게 처벌하라는 부탁을 하기로 결심했다.

문제는 공국은 그렇다 쳐도 타국은 어쩐란 말인가.

팔자에도 없는 도박꾼에 술주정뱅이의 물주 노릇이라니.

생각하면 할수록 열이 뻗치는 딕스다.

씩씩.

다시 그는 어지럼증을 유발시키는 나선형 좁은 종탑 계단을 힘겹게 내려간다.

올라왔을 때는 열 받아서 난간이 없는 이 좁고 가파른 계단이 무섭거나 불편하지 않았다.

한데 지금은 살 떨리게 무서운 장소가 이곳임을 알게 되었다.

한 발, 한 발 내디딜 때마다 수명이 팍팍 줄어드는 기분이다.

그렇게 간신히 여관으로 돌아온 딕스는 10년은 폭삭 늙은 모습이었다.

자신의 방으로 들어가려던 딕스는 룩센의 말이 생각나서 혹시나 싶어 여관 옥상으로 올라갔다.

"어? 공주님."

"어디 갔었어? 걱정했잖아."

"가긴 어딜 가요."

"얼굴색이 안 좋네?"

밝은 곳으로 걸어 나온 딕스의 얼굴을 본 공주가 걱정을 드러냈다.

딕스는 자신의 얼굴을 매만졌다.

그녀의 말처럼 피부가 왠지 퍼석거리는 느낌이다.

'종탑에서 흘린 식은땀 때문인가?'

고개를 돌려 종탑을 보았다.

여관 옥상에서 봤는데도 종탑은 까마득했다.

저런 곳에 자신이 올라갈 생각을 했다니… 제대로 열 받긴 받았나 보다.

딕스의 입에서 긴 한숨이 흘러나온다.

"왜 그래? 식당에서 있었던 일 때문에 그런 거야? 너도 사실 잘한 건 아니잖아. 왜 후, 훔쳐보고… 그런데 어디까지 봤어? 괜찮아. 말해도 돼. 우리가 어디 남이니? 자, 말해봐. 어디까지, 그리고 누굴 먼저 봤어? 나? 아니면 시모나… 레이첼?"

공주는 미리 정답을 내놓았다.

듣기 좋은 소리를 선택하라고.

문제는 몸도 마음도 피곤한 딕스는 이를 알아차리지 못했다.

"레이첼요."

피곤이 녀석을 솔직한 사나이로 만든다.

"…유, 레이첼이 예쁘기 해."

공주의 크게 달라진 어감을 통해 딕스는 자신의 실수를 깨달았다.

일생일대의 가장 큰 위기가 자신에게 찾아왔음을.

섬뜩!

콜록콜록.

사레가 들린 딕스는 연방 기침을 해댔다.

이전 같으면 다정한 손길로 그의 등을 쓰다듬어 줬을 공주가 지금은 싸늘한 얼굴로 팔짱을 낀 채 불구경하듯 쳐다보고만 있었다.

"고, 공주님."

"그렇구나. 공주구나, 난."

"아, 아니, 베스, 그게……."

"하아, 왠지 슬프네. 이 여행이 너와 내게 멋진 추억으로 남을 것이라 생각했는데. 그래서 스케줄도 겨우겨우 조정해서 왔는데. 아니었구나. 나만 설렌 거였구나."

공주의 표정과 목소리에는 진심으로 슬프다는 느낌이 물씬했다.

딕스는 냉큼 그녀 곁으로 다가가 손을 잡았다.

약간의 반항이 있었지만 딕스가 더욱 강하게 잡아채자 공주는 못 이긴 척 손을 내주었다.

일단 손을 잡으면 그 마음도 풀어주기 쉬운 법.

딕스는 온갖 감언이설을 풀어놓았다.

그제야 공주의 얼굴이 조금씩 밝아졌다.

'공주님, 아니, 베스가 의외로 질투가 있네? 이거… 조심해야 될 사항이네.'

레이첼과 시모나에게서는 전혀 찾아볼 수 없었던 기미를 공주에게서 보았다.

공주도 레이첼이나 시모나 같을 줄 알았던 딕스에게 오늘의 이 발견은 꽤나 충격적이었다.

아니, 걱정거리였다.

이제 와서 어쩌랴.

"뭘 그리 긴장해. 농담이야. 농담. 호호호."

"그, 그렇죠. 저도 그럴 줄 알았어요. 하하."

딕스의 웃음은 이 일을 결코 농담으로 받아들이지 않겠다는 의미를 내포하고 있다.

그래도 일단은 하나의 고비를 넘긴 것 같아 딕스는 내심 안도했다.

두 사람은 옥상 한쪽에 마련된 의자에 가서 앉았다.

날이 쌀쌀했지만 이쯤은 딕스의 마법으로 충분히 해결될 수 있는 부분이다.

"대빙원에 떨어져도 너와 있으면 얼어 죽을 일은 없겠다."

"대빙원에 떨어지는 일도 없을 테니 걱정 말아요, 베스."

"딕스, 그냥 말 편하게 해주면 안 될까? 네가 그러니까 자꾸 내가 늙은 사람이 된 것 같아."

"누가 베스가 늙었대? 그런 녀석 있음 나한테 말해. 이빨을 몽땅 뽑아버릴 테니까. 이리 와."

딕스는 엘리자베스의 개미허리를 휘어 감아 제 쪽으로 끌어당겼다.

공주는 못 이기는 척 그의 품에 안겼다.

두 사람은 그렇게 한참을 꼭 끌어안았다.

심장이 세차게 뛰고 호흡이 가빠진다.

그녀의 입술로 다가가던 딕스는 공주의 표정을 보곤 멈칫했다.

"무사히… 돌아올 거지?"

이번 여행의 의미를 공주는 눈치채고 있었다.

이를 알기에 빡빡한 일정을 뒤로 미루고 여기까지 따라나선 것이다.

곧 떠날 남자.

적진 한가운데. 그것도 가장 위험한 전장으로 몸을 던질 내 남자.

바짓가랑이라도 붙잡고 그의 결정을 막고 싶었다.

하지만 현실은 그가 아니고선 돌파구가 보이지 않았다.

여인으로서의 마음과 일국의 장래를 책임져야 하는 공인의 입장에서 그렇게 그녀의 내면은 아픔으로 채워져 있었다.

"당연한 소릴 하네. 난 반드시 돌아올 거야."

지옥일지라도 뚫고 돌아올 것이다.

그 어떤 역경과 고난에도 굴하지 않을 것이다.

승리의 월계관을 쓰고 환하게 웃으며 반드시 돌아오리라.

그리고 한평생 그녀들과 알콩달콩 행복하게 살리라.

"믿을 거야. 언제나 그랬듯 건강한 모습으로 돌아올 거란 걸."

딕스는 공주의 머리를 품으로 끌어당겼다.

"들려, 내 심장 소리?"

"응."

"이 심장은 언제나 베스를 향해 뛰고 또 뛸 거야. 그러니까 긴장하지 마. 내 여자의 긴장을 볼 만큼 난 너그럽지 못해."

"딕스!"

공주와 딕스의 입술이 격정적으로 부딪친다.

서로의 숨결을 모조리 빨아 먹을 듯한 기세로 둘은 그렇게 꽤 오랫동안 진한 키스를 나누었다.

떨어지는 입술과 길게 늘어진 타액의 선.

이 가는 선이 그 어떤 운명의 끈보다 더 강력하게 서로를 묶어두기를 두 사람은 간절히 바라고 바랐다.

"베스."

"응?"

"나 돌아오면 선물 하나만 해줘."

"선물?"

"커험, 그러니까 다 같이 목욕 한번 해보자."

"뭐!"

"내 말은 서로를 더욱더 잘 알아가자는 단합의 의미로……"

"칫, 알았어. 하지만 조건이 있어."

"조건? 뭔데?"

"머리카락 하나도 다치면 안 돼. 약속해 줘."

사랑이 커진다.

자신보다 자신을 더 아껴주는 여자의 말에 감동한 남자는 오늘 그녀와 뜬눈으로 밤을 새우고 싶었다.

하지만 참으리라.

'참는 것도… 사랑이겠지.'

딕스는 공주를 다시 한 번 깊이 포옹했다.

공주 역시 그의 몸을 꽉 끌어안았다.

그렇게 젊은 연인의 밤은 깊어만 간다.

불청객 룩센으로 인해 고통(?)의 휴가 첫째 날을 보낸 딕스는 나머지 이틀은 세 연인과 함께 즐겁고 아름다운 추억을 만들었다.

그 시간이 어쩌면 그리 빨리도 가는지 할 수만 있다면 시간의 바짓가랑이라도 잡고 질질 늘어지고 싶었다.

그러나 시간은 그 누구에게도 특혜를 주지 않았다.

수도로 돌아가는 길.

마차 안은 서로를 많이 알게 된 2인의 수다와 1인의 수화로 떠들썩했다.

이를 보고 있노라니 딕스는 마음 한편이 쓰렸다.

또 다른 한편으로는 반드시 살아서 돌아오겠다는 결의가 불꽃처럼 활활 타올랐다.

이 행복한 시간, 이 눈부시게 아름다운 장면을 딕스는 온 가슴으로 깊이깊이 새겨 넣었다.

'즐거운데… 슬프군.'

무거워진 딕스의 눈길이 창밖으로 향했다.

갈색으로 말라비틀어져 가는 계절이다.

이제 저 갈색 빛깔도 조만간 볼 수 없을 것이다.

온 세상이 하얗게 뒤덮일 테니까.

그러고 보니 하늘도 뭔가를 쏟아낼 듯 낮고 음울했다.

톡톡.

레이첼이 딕스의 손등을 가볍게 건드렸다.

공주와 시모나는 대화의 꽃을 피우느라 정신이 없었다.

"왜?"

[무슨 걱정 있어요?]

공주와 시모나가 딕스를 보았다.

공주는 그의 이후 행보에 대해 알고 있었다.

하지만 이를 티 내면 모두가 우울할 것 같아서 그녀는 이를 두 사람에게 알리지 않았다.

때론 모르는 게 약일 때가 있으니까.

"걱정은 무슨… 그냥 이렇게 행복해도 되나 싶어서. 물론 내가 착한 일을 많이 한 보답으로 하늘이 당신들을 내게 주셨지만. 하하하하."

[맞아요. 당신은 착해요.]

당연히 핀잔의 말이 나올 것이라 생각했던 딕스는 레이첼의 다소곳한 수긍에 민망함을 느꼈다.

한 소리 할까 싶어 공주를 보았지만 그녀도 이번엔 예쁜 웃음으로 고개만 끄덕였다.

시모나야 더 말할 것도 없다.

그녀는 공주나 레이첼과 달리 자신이 제 아버지와 딕스의 친분 때문에 이루어진 관계라는 약간의 피해 의식을 갖고 있었다.

이를 알기에 딕스는 세 여자에게 공평하려고 노력했다.

그래도 마음이 자로 잰 듯 정확하게 등분을 내어 나눠 줄 수 있는 물건이 아니다 보니 그녀에게 약간의 섭섭함을 안겨 줬으리라.

"뭐야? 그리 말하면 내가 진짜로 착한 것 같잖아. 하하하."

레이첼은 딕스가 푹 빠진 여자로, 다른 두 여자보다는 그가 더 적극적으로 그녀에게 다가갔다.

여기에 평생 가슴에 안고 살아야 할 그녀의 아픔.

그게 시린 날씨처럼 딕스의 심장을 아릿하게 했다.

언제나 그녀에겐 사랑의 크기만큼이나 미안함도 그 못지 않게 갖고 있었다.

멈칫.

공주와 시모나가 지켜보자 딕스는 그녀의 볼을 쓰다듬지 못했다.

둘만 있었다면 결코 멈추지 않았을 손길이다.

다다익선? 가져 보니 그게 썩 좋은 말이 아님을 딕스는 최근 깨달았다.

'하아, 정을 막 흘리고 다녔다간 사람이 극소심해지겠어. 휴우.'

"하던 거 마저 해."

공주가 말했다.

"하세요. 전 괜찮아요."

시모나가 말한다.

다들 사랑받고 싶은 강아지 같은 표정이다.

저리 귀여운 표정이 대체 어디 숨어 있다가 이제야 나오는 걸까?

그녀들의 새로운 매력에 딕스는 가슴이 콩닥거렸다.

저들의 곁을 떠나기 싫다.

안주하고 싶다.

안 가면 안 될까?

그럴 수는 없다

화재란 초기에 진압해야 하는 법이기에.

"우리, 야외에서 고기 구워 먹을까?"

딕스의 제안에 세 여인은 즐거운 표정으로 찬성표를 던졌다.

딕스는 곧장 마부에게 적당한 곳에 마차를 세우라는 지시를 내렸다.

이들의 안전을 책임지고 있는 쌍두마차—바로와 스칼렛—.

스칼렛은 이 우중충한 날씨에 고기가 웬 말이냐며 불만을 그 얼굴에 드러냈다.

하지만 공주가 워낙 좋아했기에 그 불만은 그녀의 가슴속에서만 머물렀다.

바로는 당연 딕스의 말에 필요한 조치를 취했다.

이래서 직속 부하가 좋은 것이다.

즉흥적인 딕스의 제안으로 일행은 작은 강가에 멈추었다.

문제는 불은 있는데 구울 재료가 없다는 데 있다.

"내게 맡겨. 이 사람이 다년간의 야인 생활로 이런 방면에선 타의 추종을 불허하거든. 우하하하하하!"

그때 룩센이 딕스의 곁을 스쳐 지나가며 나직하게 한마디한다.

"티 난다."

녀석의 말에 딕스는 내심 한숨을 불어냈다.

일분일초라도 내 여자들과 더 함께하고 싶은 마음이 간절하다 보니 자꾸만 일정에 없던 일들을 만들려고 했다.

지금도 그렇다.

여기서 고기를 구워 먹으며 식사를 하면 노숙할 확률이 굉장히 높아진다.

그러나 어쩌겠는가.

마음이… 자신의 이성으로도 통제가 안 되는 것을.

"바로 천장."

"예, 딕스 님."

"내가 가라는 곳으로 사람들을 데리고 가면 식사거리가 있을 겁니다. 잠시만요."

딕스의 물의 척후가 준마처럼 사방으로 내달린다.

사람과 몬스터와 동물을 분별하는 조금은 더 똑똑해진 물의 척후가 동물의 존재를 딕스에게 알려왔다.

딕스는 곧장 마법으로 그 동물을 사냥하려고 했다.

한데 자신이 단 한 번도 알지 못했던 미지의 힘이 내부에서 꿈틀거렸다.

이에 딕스는 깜짝 놀랐다.

'뭐지?'

당황한 그 틈에 내부에서 꿈틀거린 힘은 그가 사냥감으로 점찍은 동물을 공격했다.

눈으로 볼 수 없었지만 딕스는 이를 정확하게 느꼈다.

이 힘이 자신의 몸에서 발출된 것이기 때문이다.

바로를 보내려 했던 딕스는 이 현상을 확인하기 위해서 직접 가기로 했다.

문제는 승마다.

"룩센."

강가 바위에 앉아 와인병을 기울이던 룩센이 딕스를 향해 고개를 돌렸다.

딕스는 바로에게 불을 피울 것을 부탁한 뒤 자신이 직접 사냥감을 가져오겠다고 말했다.

그의 세 여인이 함께 가자는 말을 했지만 딕스는 이를 거절한다.

레이첼과 시모나 역시 여자의 직감으로 그가 아주 어려운 일을 하려고 한다는 것을 느끼고 있었다.

그럼에도 이를 단 한 번도 딕스에게 들키지 않았다.

이런 점에서 보면 딕스보다 그의 연인들이 마음을 숨기는 데는 한 수 위가 아닐까 싶다.

"왜 불렀어?"

"나랑 같이 가자."

딕스의 표정이나 어감이 좀 전과 많이 달라진 것을 간파한 룩센은 순순히 승낙했다.

"어느 방향?"

"저쪽."

딕스의 검지가 잔뜩 흐린 서북쪽을 가리킨다.

그 순간 딕스의 육신은 잔상도 남기지 않고 그 자리에서 꺼지듯 사라졌다.

물론 룩센 역시.

두 사람이 눈앞에서 감쪽같이 사라지자 사람들은 다시 한번 깜짝 놀란다.

봐도 봐도 도통 적응할 수 없는 능력이었기 때문이다.

스팟!

두 개의 인영이 황량한 들판에 나타났다.

룩센과 딕스였다.

주변엔 크고 작은 동물들이 쓰러져 있었다.

딕스가 점찍은 사냥감들이다.

하지만 동물의 사체는 딕스가 주로 쓰는 기술이 아닌 전혀 새로운 기술에 의해 죽어 있었다.

그 모양새는 마치 강력한 검력에 당한 것처럼 보였다.

"놀랍군. 이런 것도 할 수 있었나?"

어지간해선 제 감정을 목소리에 묻히지 않는 룩센이다.

하나 눈앞에 펼쳐진 전경엔 룩센 역시 많이 놀란 듯했다.

당사자인 딕스에 비해 그의 놀라움은 새 발의 피였다.

굳은 얼굴로 딕스는 동물 사체를 유심히 살폈다.

'뭐였지?'

딕스는 눈을 감고 좀 전 자신의 내부에서 꿈틀거리며 뻗어 나갔던 힘을 떠올렸다.

괴이하고 참으로 이질적인 느낌이었다.

그 힘에 대한 거부감은 왠지 모르게 생기지 않았다.

물리력과 절삭력!

골렘 시리우스를 제외하고 이러한 힘은 딕스가 소유하지 못했던 미지의 것이었다.

그는 늘 안개와 독, 혹은 물 덩이를 이용해 대상을 독살시키거나 익사시켰던 게 고작이다.

단조롭다면 단조로운 그의 마법 세계에 있어 눈앞의 이 흔적들은 그가 새로운 방식의 마법 구현을 하는 데 크게 일조할 터였다.

물론 이 힘에 대한 세부적인 파악을 해야겠지만 말이다.

딕스는 주변으로 눈길을 던졌다.

마침 집채만 한 바위가 들판의 왕처럼 우뚝 서 있었다.

'해보면 알겠지.'

아까의 느낌을 되살린 딕스는 바위에 그 힘을 집중했다.

한 번은 실패했다.

두 번도 실패했다.

'이 느낌이 아니야! 딕스, 진정하자. 천천히, 천천히 떠올려 보는 거야.'

느닷없이 등장한 새로운 힘이다.

이를 자각하자 그의 마음은 거센 강풍을 만난 갈대처럼 몹시 흔들렸다.

거대한 적을 상대해야 하는 이 시점에 지금의 이 한 수가 자신을 구명할 수 있을지도 모른다.

침착하려 애써보지만 흥분은 좀처럼 그의 마음에서 떠나지 않는다.

좀처럼.

꿍꿍이가 물씬 느껴졌던 하늘이 드디어 그 꿍꿍이를 투하했다.

칼로 먹기 좋게 썰고, 여기다 깨끗이 씻어온 고기가 반쯤 익자마자 하늘에서 내리는…

"눈이네?"

"어멋! 11월에 눈을 다 보다니. 이건 리안 연합에서도 볼 수 없었는데."

제 여자들의 배를 충족(?)시키기 위해 손수 열심히 고기를 굽고 있던 딕스다.

그랬기에 그는 눈이 내리는지조차 알지 못했다.

아니, 정확하게 말하면 그 자신이 익히고 있는 이 동물을 도살한 힘에 골몰하고 있었다.

딕스의 등을 누군가 톡톡 건드렸다.

"어! 왜, 레이첼?"

[눈이 내려요.]

레이첼이 수화로 눈이 오고 있음을 알린다.

그제야 딕스는 눈이 내리고 있음을 알게 되었다.

팍팍한 감성과 현실적인 문제 앞에서 이 남자는 11월의 눈 따위!

"눈 맞고 고기 먹어야 하는 거야! 아, 짜증 나. 고기도 덜 익었는데. 바로 천장, 그리고 그 외의 분들, 천막 좀 쳐주세요."

삶은 고기와 불에 익힌 고기.

전자의 것을 주야장천 먹었던 끔찍한 시절이 딕스에게 있었기에 그는 되도록 고기는 불에 익혀 먹는 걸 선호했다.

현실적인 딕스의 모습에 레이첼이 손으로 입을 가리며 풋웃었다.

그녀의 싱그러운 웃음을 보자 고기 하나 때문에 전전긍긍하는 자신을 발견한 딕스는 멋쩍은 웃음을 흘렸다.

곧 딕스를 중심으로 그림처럼 아름다운 세 여인이 모여들었다.

각각의 몸이나 이들은 지금 하나의 마음으로 서로를 감싸며 하얗게 변해가는 세상을 오랫동안 지켜보았다.

하나의 불청객이 이들 앞을 스윽 지나가며 한마디 한다.

"고기 묵자."

룩셴이다.

간다!

시린 가슴 안고 불안한 미래 속으로 몸을 던진다.

타오르는 이 청춘의 뜨거운 가슴엔 제 연인들을 깊이 담았다.

출중한 실력의 화가를 불러 딕스는 엘리자베스, 시모나, 레이첼의 초상을 그리게 했다.

그 초상화를 그는 펜던트로 만들어서 목에 걸었다.

그 순간 왠지 모르게 눈물이 핑 돌았다.

이런 사소한 일로 눈물이라니. 딕스는 정말이지 자신답지 않다고 생각했다.

만지작만지작.

딱딱한 금속 재질의 펜던트였으나 그에겐 이 세상에서 가장 부드럽고 따뜻한 것이었다.

이젠 엄마보다도 세 연인이 더 좋았다.

'미안, 엄마. 엄마에겐 아버지가 있잖아. 후후.'

어쩌겠는가.

마음이 어머니보단 세 여인에게 확 쏠리는 것을.

펄럭.

룩센의 전용 복장인 후드가 유난히 큰 로브를 딕스도 입었다.

이 속에 담긴 것은 뮬 공국의 마법사도, 인간 딕스도 아니다.

무정한 학살자!

거침없는 파괴자!

냉혈한!

딕스는 조국과 정든 집과 사랑하는 세 여인을 뒤로하고 룩센과 함께 제국의 심장에 비수를 박기 위해서 길을 나섰다.

휘이이이이잉.

11월. 참 추운 날씨다.

뼛속을 파고드는 바람과 하루가 다르게 뚝뚝 떨어지는 기온.

예전 전격의 파울을 피해 이리저리 도망 다녔을 때의 11월은 지금처럼 춥지 않았었다.

열탕을 주변에 생성해도 지금의 이 추위는 떨어져 나가지 않는다.

그리고 이 발걸음은 왜 이렇게 떨어지지 않는지.

1톤의 철 구슬을 발목에 매단 것도 아닌데.

"언제까지 그럴래? 안 갈 거야?"

미적거리는 딕스의 모습을 보다 못한 룩센이 한마디 던진다.

어지간하면 재촉하지 않는 룩센이 이럴 정도였으니.

"가! 간다고. 가려고 이리 나섰잖아! 젠장!"

"빨리 가자. 해 뜨겠다."

어두운 새벽에 다부진 각오로 집을 나섰다.

한데 지금은 저 멀리 동쪽 성벽에서부터 불그스름한 햇살이 조금씩 그 영역을 확장하고 있었다.

이러다 바지런한 저택의 일꾼들과 병사들이 다 나오지 않을까 싶다.

"…간다. 가."

드디어 딕스는 발을 뗐다.

뒤돌아보지 말자, 뒤돌아보지 말자!

주문처럼 계속해 이 말만 입속에서 웅얼거렸다.

벌컥벌컥.

"옹알이하냐?"

"룩센아, 네가 어찌 사랑을 두고 떠나는 사나이의 진한 심정을 알겠니. 그냥 술이나 처마셔라."

"비속한 녀석."

"…네가 날 이리 만들었다."

"줏대가 없는 걸 왜 날 탓하지?"

팔만 뻗으면 되는데… 그냥 이 팔을 쭉 뻗을까? 그럼 녀석을 칠 수 있을 것 같은데.

이러한 욕구가 딕스의 내심에서 무섭게 들끓는다.

하지만 차마 팔을 뻗지는 못했다.

앞으로 이 녀석의 도움이 절대적이기 때문이다.

0.000001퍼센트일망정 생존 확률이 바로 룩센에게 달렸기에.

"그래, 미안하다. 줏대가 없어서."

딕스는 막 문을 열기 시작한 꽃 가게 앞에 멈췄다.

룩센이 또 왜 그러냐는 듯한 몸짓을 취한다.

"잠깐만."

이 말을 남긴 딕스는 꽃 가게로 들어갔다.

이른 새벽부터 살벌한 느낌의 후드 로브 차림의 사내가 성큼성큼 걸어 들어오자 가게의 주인인 중년 여성은 깜짝 놀랐다.

여인은 딕스가 해코지라도 할까 봐 근처에 있던 가위를 손에 쥐었다.

다행히 그녀가 생각하는 일은 발생하지 않았다.

오히려 그녀에게 오늘은 행운의 날이었다.

"알았죠? 매일 아침마다 이 주소로 배달하면 돼요."

엘리자베스는 수선화를 좋아한다.

시모나는 튤립을 좋아한다.

레이첼은 안개꽃을 좋아한다.

그녀들이 좋아하는 꽃을 딕스는 자신이 돌아와서 중단시킬 때까지 배달하게끔 꽃가게 주인과 계약했다.

"쯧, 저런 데 돈을 쓰다니. 봄 되면 지천에 널린 게 꽃인데. 과소비야."

룩센이 딕스의 행위를 다 지켜본 뒤 걸어가며 한마디 했다.

지금은 룩센과 입씨름할 마음이 딕스에겐 없었다.

커다란 성문.

이제 저 성문만 지나면 두 번 다시 돌아보지도, 멈추지도 않으리라.

딕스는 어금니를 꽉 깨물며 걸음을 빨리했다.

'꼭 다시 만나자, 나의 조국이여, 나의 사랑이여.'

제6장

마인 등장!

카페니스 제국에 있어 뮬 공국은 언제든 병합할 수 있는 속국이었다.

그랬던 공국이 북부 여러 나라의 구심점이 되어 함부로 할수 없는 나라로 급격한 성장을 이루었다.

마치 오래전부터 준비한 것처럼 경제, 군사, 정치 부문에서 제국의 흔적을 그들 내부에서 빠르게 지워 버렸다.

제국의 많은 상인들이 뮬 공국에서 폭리를 취해왔다.

공국에서 한밑천 못 뽑으면 병신이라는 소리까지 들을 정도였다.

제국인이란 이 타이틀 하나만으로도 그들은 공국에서 큰

소리 뻥뻥 칠 수 있었다.

그랬던 그들이 지금 공국의 정책이 바뀌면서 모두 쪽박을 차고 말았다.

으드득.

"감히 내 재산을… 내 재산을… 이 건방진 공국 놈들! 내 가만있지 않으리라!'

제국의 가죽 상인 프랭크는 뮬 공국에서 폭리를 취하던 오만한 상인 중 하나였다.

그랬던 그도 지금은 모든 재산을 공국에서 다 털어먹고 빈털터리가 되고 말았다.

공국이 돌연 세수 정책과 교역을 다변화하면서 그의 주력 품목이 직격탄을 맞은 것이다.

이전까지 공국은 제국을 제외한 다른 나라에서 물품을 거의 수입하지 않았다.

세금? 그것도 감히 걷지 못했다.

그러다 보니 제국의 상인들에게 뮬 공국은 먹음직한 어장이었다.

한데 공국의 위상이 달라지면서 제국의 상인들에게 그 어장은 척박한 어장이 되고 말았다.

아니, 죽음의 정글이 되어버렸다.

이전과 같은 마음으로 뮬 공국에 들어갔던 가죽 상인 프랭크는 그래서 망해 버렸다.

"이거 괜찮을까?"

"뭐, 어때. 공국이 아무리 잘나 봐야 공국이지."

"그렇지. 한번 해보는 거야!"

가죽 상인 프랭크는 자신과 같은 처지에 처한 상인들에게 협조를 얻어 그 자금으로 도적단을 꾸렸다.

그는 이 도적단을 이용해 뮬 공국 상단의 상행을 급습할 생각을 품고 있었다.

"내 말 잘 들어라. 한 놈도 살려둬선 안 돼. 단 한 놈도!"

지시를 내린 프랭크의 목소리에선 뮬 공국에 대한 적개심이 넘쳐 나고 있었다.

단원들은 모두 제 무기를 슬쩍 드러내며 누런 이를 드러냈다.

"걱정 마슈. 확실히 할 테니까."

"그런데 순찰대가 안 오는 거 맞소?"

단원들이 걱정스러운 표정을 드러냈다.

공국인을 죽이는 건 대수롭지 않으나 제국 국경 수비대의 순찰대와 마주친다면 이는 낭패도 보통 낭패가 아니었다.

"내 처조카가 국경 수비대 장교다. 그러니 그런 걱정 말고 일이나 잘 처리해."

"알겠수. 그런데 놈들은 언제 오는 거요?"

"반나절 후면 공국 놈들이 이곳을 지나가. 그러니까 그동안 쓸데없이 돌아다니지 말고 이 길목만 잘 지켜라. 일만 잘

되면 수당은 입이 쩍 벌어질 만큼 챙겨줄 테니까 술은 작작 처마시고."

단원들에게 잔소리를 늘어놓던 프랭크.

그의 신경을 자극하는 음성 하나가 날아들었다.

"도적질은 나쁜 거야, 찌그러진 오크. 하지만 마지막 멘트 는… 훌륭했다. 술은 자고로 작작 처마셔야지."

프랭크와 단원들은 인상을 험악하게 구기며 목소리가 날 아온 방향으로 몸을 돌려세웠다.

이들의 시선이 집중된 곳.

회색의 로브인이 여유를 물씬 풍기며 느릿느릿 걸어 나오 고 있었다.

"누구냐?"

"저 칙칙한 거적때기는 뭐야?"

"목소리로 봐선 아직 숙성이 덜 된 녀석 같은데."

"잡아다 벗겨 보면 알겠지. 대장, 저 새끼 과외 수입이오."

프랭크는 상대가 단 한 명뿐이자 이를 대수롭지 않게 생각 했다.

여기 있는 장정이 무려 30명이다.

어디 그뿐인가. 다들 도, 창, 칼, 활로 무장하고 있었다.

이것 말고도 모두 한 주먹 하는 녀석들이니 한 놈쯤은 식후 간식거리도 안 될 것이라 여겼다.

"적당히 놀다 죽여."

이 일에 신경을 끊은 프랭크는 자신의 천막으로 들어가려 했다.

하지만 그는 안으로 들어갈 수가 없었다.

제 천막에 로브인 하나가 떡하니 앉아 병나발을 불고 있었기 때문이다.

벌컥벌컥.

"누, 누구냐?"

프랭크는 호신용 단검을 익숙한 동작으로 빼 들었다.

그 역시 한때는 알아주는 불량배였다.

"너의 마지막 멘트가 싫은 일 인."

"뭐?"

벌컥벌컥.

와인의 마지막 한 방울까지 입에 털어 넣은 로브인, 아니, 룩센은 병 주둥이를 잡고 이를 깼다.

그러곤 눈 깜짝할 사이에 프랭크에게 달려들어서는 그의 얼굴에 깨진 병을 틀어박았다.

콰드드득.

"크아아아아—악!"

프랭크는 저항조차 못 하고 그 자리에서 즉사하고 말았다.

뒤쪽에서 들려오는 비명에 도적단이 급히 몸을 돌렸다.

이것이 놈들의 마지막이었다.

그들이 홀랑 벗겨 먹으려던 자가 살수를 펼쳤기 때문이다.

서걱!

도적들의 머리가 그 목에서 일제히 잘려서 낙하했다.

투투투투툭.

로브인, 아니, 딕스의 손에는 검이나 도가 없었다.

그리고 그와 도적들의 거리는 결코 가깝지 않았다.

또한 30명의 머리를 잘라 버리는 기술은 결코 마법사인 딕스로서는 불가능한 기술이다.

프랭크의 천막에서 나오던 룩센은 30개의 몸통에서 뿜어지는 핏줄기를 보며 투덜거렸다.

"잔인해."

깨진 병을 얼굴에 쑤셔 박은 룩센이 할 소리는 아니다.

피 분수가 잠잠해지고 머리통 잃은 육체가 일제히 허물어지자 그제야 딕스는 장내에 발을 디뎠다.

"남의 재산을 공짜로 탐내는 자들은 죽어 마땅해."

"네가 언제부터 남의 재산까지 소중하게 여겼지?"

사실 프랭크가 노렸던 상단은 딕스가 지분을 갖고 있는 곳이다.

그러니 이 일은 딕스에게 묵과할 수 없었다.

대업과는 별개로 자신의 재산도 소중하니까.

어찌 이를 일일이 설명하리요.

"나는 착하니까."

"이번 겨울은 느슨한 것 같군."

"뭐?"

"너 같은 녀석이 얼어… 아니다. 그보다 저 녀석들 어쩔 거냐? 들짐승이나 몬스터가 꼬이면 국경 수비대가 기웃거릴 텐데. 은밀하게 움직이자고 하지 않았나?"

룩센의 말에 딕스는 거들먹거리며 코웃음 쳤다.

"여기 이 머리는 장식용인 줄 알아? 비켜봐."

딕스는 품에서 금속 재질의 긴 원통형 막대를 꺼내 들었다.

뚜껑을 개봉한 딕스는 막대의 입구를 아래로 기울였다.

그러자 이 속에서 녹색의 새끼손톱만 한 알갱이가 바닥에 떨어졌다.

이를 확인한 딕스는 막대를 밀봉한 뒤 다시 품속에 넣었다.

룩센은 이 모습이 의아한 듯 고개를 갸웃거리다가 곧 신음을 흘렸다.

금속 재질의 막대에서 떨어져 나온 알갱이.

그것은 독의 결정이었다.

이 독은 물과 만나면 그 성질이 발휘된다.

독을 머금은 물줄기가 도적들의 시신을 누비고 다녔다.

물줄기가 지나간 곳엔 도적들의 뼈 한 조각도 남지 않았다.

참으로 무시무시한 위력을 가진 독이 아닐 수 없었다.

"놀랍군."

룩센의 감탄에 딕스는 별거 아니라는 듯 제 옷을 툭툭 털어버리곤 몸을 돌렸다.

"룩센."

"……?"

"네 능력으로 후다닥 가면 안 되냐?"

"안 돼."

"쪼잔한 시키."

"지금이라도 승마를 배워."

승마? 딕스라고 왜 배우고 싶지 않겠는가.

하지만 안 된다.

인생에서 해도 안 되는 게 있다면 이를 수긍하는 것도 진정한 사나이가 아닐까?

딕스는 자신을 멋진 사나이라 생각하고 있었기에 쿨 하게 '승마와 난 상극이야!' 라는 마인드를 확실히 고착시켰다.

"됐어. 젠장, 신년은 제국에서 맞겠군."

후드를 뒤로 살짝 젖히며 딕스는 하늘을 보았다.

우중충한 하늘.

꽤 오랫동안 쏟아부을 분위기다.

'천벽… 기다려라. 내 너만 딱 깨고 제국 뜬다.'

잔뜩 굳은 얼굴로 클라우드는 본가로 급히 들어서고 있었다.

이전과 달라진 것은 아무것도 없었다.

달라진 점은 클라우드를 향한 사람들의 눈빛과 태도였다.

이는 한 사람의 영원한 부재로 발생한 변화였다.

저벅저벅.

커다란 고동색 문 앞에 선 클라우드는 심호흡을 통해 제 마음을 추슬렀다.

문고리를 잡고 돌리려는 순간 안쪽에서 문이 벌컥 열렸다.

심한 주향이 썰물처럼 밀려들었다.

"뭐야, 우리 잘난 서자 나리 오셨군. 이 일을 어째? 널 총애하던 아버지께서 방금 운명하셨는데. 킥킥."

서자라는 그 지겨운 이름.

그 앞에서 이 이름으로 클라우드를 부르는 이는 없다. 있다면 오직 한 명.

야니스 가문의 개차반으로 불리는 적자, 라틴 폰 야니스.

클라우드의 배다른 형제다.

라틴의 어깨 너머 흰 천으로 얼굴이 덮인 부친의 모습이 클라우드의 망막에 투영된다.

저 부친에게 인정받기 위해서 금단의 영역에 스스로 발을 디뎠다.

천벽!

하지만 그림자 마법사들이 가지는 그런 힘을 클라우드는 가지지 못했다.

그러나 그건 아주 늦게 그의 내부에서 깨어났다.

"비켜주십시오. 아버지를 뵙겠습니다."

"뭐? 아버지? 지랄 떨지 말고 꺼져. 이제 야니스는 더 이상 너를 가족으로 인정하지 않을 것이다. 넌 너대로 월급쟁이로 살아, 서자 새끼야!"

클라우드의 두 눈 깊은 곳에서 분노가 끓어올랐다.

당장에라도 눈앞의 이복형을 갈가리 찢어 죽이고 싶었다.

부친의 당부만 아니었어도…

클라우드는 살심을 겨우 억제했다.

"임종은… 지켜보셨습니까?"

"네가 무슨 상관이야. 내 아버지야, 네 아버지가 아니고. 그리고 이 가문은 이제 내 거야. 내 거! 크하하하하—!"

라틴의 검지가 창끝처럼 클라우드의 가슴팍을 쿡쿡 찌른다.

어릴 때부터 두 사람은 사이가 좋지 않았다.

커서도 마찬가지였다.

오히려 사이가 더 나빠졌다.

특출한 재능으로 뭇 사람들의 시선과 기대를 한 몸에 받았던 클라우드와 달리 라틴은 모든 면에서 평범했다.

그러다 보니 늘 클라우드와 비교당하면서 라틴은 점점 타락의 길로 빠져들었다.

라틴은 자신이 망가진 걸 부친과 클라우드의 탓이라 여기며 두 사람을 증오했다.

이제 한 사람이 갔으니 그가 증오할 대상은 클라우드뿐이다.

'더러운 서자 새끼.'

자신을 향한 라틴의 서슬 퍼런 눈초리에 클라우드는 그의 어깨 너머로 보이는 아버지에게 마지막 인사를 한 뒤 몸을 돌렸다.

"너, 앞으로 야니스 가문엔 발 디딜 생각도 마라. 그리고 너에 대한 후원도… 후후, 없어, 서자 새끼야. 킥킥킥."

클라우드는 모멸감에 몸이 떨려왔다.

야니스 가문은 클라우드에게 그리 좋은 곳이 아니었다.

기대에 부응하지 못할까 봐 늘 전전긍긍했던 그야말로 가시방석 같은 곳이었다.

우뚝 멈춘 클라우드는 몸을 돌리지 않은 채 이복형 라틴에게 말했다.

차갑고 무정한 목소리다.

"혹시라도 다음에 날 본다면… 모른 척해라. 아니면 넌 죽는다. 내 손에."

"뭐, 뭐가 어쩌고 어째? 이 새끼가!"

라틴이 클라우드를 향해 돌진했다.

그는 클라우드의 옷깃 하나 스치지 못했다.

지면이 그의 다리를 잡아버렸기 때문이다.

그제야 상대가 땅의 마법사임을 상기한 라틴이다.

"경비병! 경비병!"

덜컥 겁이 난 라틴이 고래고래 소리 질렀다.

경비병들이 헐레벌떡 뛰어오고 있었다.

클라우드는 마법을 풀었다.

그러곤 아무 일도 없었다는 듯 경비병들을 스치고 지나갔다.

뒤쪽에서 라틴의 발작 같은 목소리가 들려왔지만 그는 더 이상 신경 쓰지 않았다.

오늘로써 야니스와 자신의 인연도 끝이다.

"주군."

"아이게, 그게 무슨 말이오?"

오십 대 중반의 아이게는 야니스 공작 가문의 제2집사다.

이는 드러난 그의 직업일 뿐 실은 야니스 가문의 정보 조직 '천 개의 눈'의 부단주라는 직책을 맡고 있었다.

단주는 클라우드의 부친이다.

이제 그가 사망했으니 단주직은 당연히 가문의 장자인 라틴의 차지가 되어야 한다.

그런데 천 개의 눈의 부단주가 클라우드를 주군이란 호칭으로 불렀다.

이는 클라우드의 선친이 그에게 천 개의 눈을 유산으로 남겼다는 의미다.

클라우드가 가문에서 유일하게 욕심낸 곳이 바로 천 개의 눈이었다.

'아버지……'

무겁게 내려앉은 흐린 하늘. 그 하늘에서 눈송이가 뿌려지고 있었다.

"주군, 그자와 룩센이란 자가 동시에 자취를 감추었습니다. 추격대를 파견할까요?"

잠시 감상에 젖어 있던 클라우드는 다시 본연의 모습으로 돌아왔다.

"그럴 필요 없소."

"무슨?"

"놈들의 목적지를… 알고 있으니까."

기다린다.

클라우드는 딕스와 룩센이 천벽을 강타하길 오히려 바라고 있었다.

견고한 이 조직은 한 번쯤 외부의 공격으로 흔들려야 한다.

그래야 그 틈에 안착할 수 있다.

딕스의 존재를 묵인하고 비호한 클라우드의 숨은 속내였다.

'어떤 선물을 가져왔는지 기대해 보겠다. 내 기대에 부흥하길 바란다, 애송이!'

카페니스 제국 북부, 요렌시티.

제국의 4대 젖줄 중 하나인 케일라 강을 끼고 있는 도시.

강을 통해 도시는 발전했고 시민들 대다수가 이 강과 관계된 일에 종사하고 있었다.

요렌시티에 케일라는 은혜로운 선물인 셈이다.

꽁꽁 얼어붙은 케일라 강에서 아이들이 썰매를 타고 논다.

한 곳에선 어른들이 얼음에 구멍을 뚫고 얼음낚시에 빠져 있다.

강추위도 아이들의 동심과 낚시꾼의 어심은 어쩔 수 없나 보다.

언덕 위, 회색 로브 차림의 두 사람이 평화로운 전경을 내려다보고 있었다.

이 중 장신의 로브인이 상대를 핀잔하는 어투로 말했다.

그는 딕스였다.

"넌 어째 네 월급 주는 조직의 계보도 모르냐?"

"적당히 알면 된다."

"정말이지 너처럼 불성실한 고용인에게 월급 준 제국의 황제가 천하에 둘도 없는 머저리다."

룩센은 꿋꿋하게 그의 핀잔을 튕겨내며 와인을 입에 들이부었다.

입가심을 끝낸 룩센이 입을 열었다.

"그래도 저곳에 외부 지단이 있다는 건 내가 말했을 텐데."

"그럼 정확한 위치라도 알든가! 아니면 사람이라도 알든가. 이도 저도 아니고 달랑 요렌시티에 천벽의 외부 비밀 지단이 있다고만 하면 나더러 어쩌라고! 내가 광고판이라도 저기 띄워야 하냐? 천벽에 종사하는 분들 모여보세요!"

딕스의 거듭되는 핀잔 사격에 천하의 룩센도 머쓱함을 느꼈는지 고개를 돌려 버렸다.

"그래도… 모르는 것보단 낫지 않나? 아니면 수도 본부로 바로 들어가든가. 거긴 내가 잘 아는데."

"이 시키가 나더러 관 속에 들어가라고 저주를 퍼붓는구나. 퍼부어! 내가 그 악의 소굴에 들어가면 살아서 빠져나올 확률이 몇 퍼센트나 될 것 같아? 앙!"

룩센은 그의 말을 진지하게 받아들였다.

한참 생각한 후 룩센이 대답한다.

"음… 일 퍼센트쯤 되지 않을까?"

"그래, 네 말대로 그 일 퍼센트에 내 목숨을 걸어야겠냐? 창창한 이 나이에 벌써 관 뚜껑 닫히는 소리를 들어야겠냐고! 어우, 말 좀 가려서 하자. 가려서. 젠장맞을."

천벽을 치러 왔지만 그들의 수도 내 본부는 언감생심이다.

그렇다 보니 놈들을 외부로 유인해 처치하기로 1차 계획을 세웠다.

천벽에서 가장 껄끄러운 자들이 바로 그림자 마법사다 보니 그들만 제거하면 이는 천벽에 치명타가 될 것이다.

한데 놈들을 유인하기 위해 외부의 곁가지를 치려고 보니 믿었던 룩센이 중요한 순간 뒤통수를 쳐 버렸다.

정말이지 딕스는 무게감 있는 응징자가 되고 싶었다.

그러고 싶었는데 도무지 주변에서, 특히 룩셴이 협조를 하지 않아서 늘 이 모양이다.

옷만 무게감을 주면 뭐하는가.

"찾아보면… 방법이 있을 게다."

룩셴의 긍정적인 마인드가 딕스를 더욱더 열 받게 한다.

하지만 어쩌랴.

생겨먹길 저리 생겨먹은 인간에게 무엇을 더 바랄까.

앓느니 죽지.

딕스는 고민에 빠졌다.

쥐구멍에 들어간 쥐를 불러내려면 어떤 방법이 좋을까?

미끼를 뿌려야 한다.

문제는 놈들이 혹할 만한 미끼가 무엇이냐는 것이다.

딕스는 다시 아쉬움을 느꼈다.

룩셴에게.

"룩셴."

"……."

"이 시키야! 사람이 부르면 대답을 해. 대답을!"

"듣고 있다."

"사내새끼가 삐지긴. 놈들이 침 질질 흘릴 만한 미끼가 뭘까?"

"재능자."

룩셴은 두 번 생각하지 않고 단숨에 대답했다.

"그건 나도 알아. 다를 거 없어?"

"호랑이는 새끼를 강하게 키우기 위해 벼랑에서 민다고 하더라. 그러니……."

"이 시키가! 내가 네 새끼냐? 그리고 벼랑에서 밀면 죽지 그게 살아남겠냐? 말이 되는 소릴 지껄여. 됐다. 됐어. 넌 그냥 술이나 처드세요."

룩센에게 신경을 뚝 끊어버린 딕스는 홀로 골똘히 생각했다.

제국 내에서 제국의 심장을 할퀸다.

그러니 자신의 정체는 절대 외부에 드러낼 수 없다.

이를 감안해 움직이려니 이래저래 조심할 것투성이다.

'재능자밖에 없나? 그런데 어디서 구해? 재능자가 하늘에서 뚝 떨어지는 것도 아니고, 들녘에서 수확하는 것도… 잠깐! 만들면 되잖아!'

딕스의 입 매무새는 후드 안에서 만족감을 담고 비틀렸다.

아니 땐 굴뚝에도 연기가 나왔다!

사실의 유무를 떠나 이러한 소문이 나돌면 그림자 마법사의 재료(?)를 찾아서 놈들이 필히 움직일 것이다.

그때를 기다렸다가 현장에서 놈들을 미행하거나 잡아 족치면 된다.

그렇게 조금씩 조금씩 놈들의 숨통을 조여가다가 마지막 순간 그림자 마법사를 양성하지 못하도록 일격을 먹인다.

"가자. 갈 데가 생겼다."

로브 자락 크게 펄럭이며 돌아선 딕스를 룩센이 말없이 쫓는다.

얼마 후 제국 북부 작은 마을에 재능자가 발견되었다는 소문이 퍼져 나가기 시작한다, 때마침.

한 집안에 재능자가 나오면 이는 그 집안의 큰 경사로 여겨진다.

그리고 그 존재는 곧장 크게는 국가, 작게는 영지의 인재로 단숨에 그 위치가 급부상한다.

세간의 주목을 받는 이러한 재능자를 납치하는 일은 굉장히 큰 위험을 감수하지 않고서는 시도하기 어렵다.

이들의 납치를 세상이 호락호락 놓아두지 않기 때문이다.

그러다 보니 이런 더러운 짓거리는 은밀함이 그 무엇보다 요구된다.

딕스와 룩센은 농가의 한 아이를 재능자로 둔갑시켰다.

소문은 하루 만에 이 마을 저 마을로 퍼져 나갔다.

평범한 아이는 일약 마을의 영웅이 되었고 이를 축하하기 위해 그 집안은 연일 잔치를 열었다.

"저러다 아닌 걸 알면 저 가족, 이 마을에 발붙이고 살기 힘들겠는데."

룩센이 잔치 분위기가 고조된 농가의 마당을 내려다보며

말한다.

딕스 역시 이 점을 감안해 평판이 나쁜 녀석을 골랐다.

저 집안의 잔치에 참석한 자들 대부분이 겉으론 축하를 해 주었지만 그 속은 아니었다.

'나쁜 놈이 잘되는 더러운 세상!' 이라며 다들 안타까워했다.

어쨌거나 이런 작은 부분까지도 소홀히 하지 않고 계획을 짠 딕스다.

이젠 저 미끼를 덥석 물 놈들을 기다리기만 하면 된다.

"당해도 싸. 그 아비는 쌈꾼에 욕심쟁이요, 그 어미는 허세로 머리를 채웠고, 그 형제들은 제 아비를 닮아 다들 망종이야."

"뭐, 내가 상관할 일은 아니지. 오늘이… 오 일쩬가? 슬슬 올 때가 된 것 같은데."

기다림은 지겹다.

더욱이 귀환을 애타게 바라는 자에겐.

낮에는 새가 되고, 밤에는 쥐가 되어 24시간 가짜 재능자의 주변을 주시하는 일은 쉽지 않다.

다행히 룩센과 번갈아가면서 했기에 망정이지 그러지 않았다면 그 피로가 이만저만이 아니었을 것이다.

딕스는 기다리는 시간 동안 자신에게 발생한 새로운 힘을 수련하고 있었다.

이 힘은 기사의 오러처럼 대단히 뛰어난 파괴력을 보유했다.

아직 이 힘에 완벽히 적응이 되지 않아 정밀한 운용은 어려웠지만 이 점도 시간과 노력이 해결해 줄 문제였다.

"잘 지켜보고 있어. 난 좀 쉬고 올 테니까."

"알았다. 무리는 하지 마라. 일이 터졌을 때 비실거리는 꼴 보기 싫으니까."

"네 걱정이나 해."

어둠과 찬바람만이 기승을 부렸다.

세상은 쥐 죽은 듯 조용했다.

마을의 개들조차 맹추위에 그 주둥이를 꼭 다물었다.

작은 온기라도 밖으로 내보내지 않으려고 말이다.

스스스.

재능자가 나타났다 해 일약 인근에서 유명한 마을로 급부상한 블렌.

연일 계속된 마을 잔치도 이제 그 막을 내린 지 오래다.

"저 집인가?"

"예."

"확인은 했겠지?"

"이 두 눈으로 똑똑히 확인했습니다."

"좋아, 은밀히 그 아이만 데리고 나온다. 가랏!"

남자의 명령이 떨어지자 검은 인영들이 힘찬 메뚜기 떼처럼 전방으로 뛰어 나갔다.

불청객들은 농가에 침입해 정확히 재능자 소년을 납치했다.

깊이 잠든 소년의 얼굴. 정확하게는 미간을 확인한 남자의 입가에 회심의 미소가 걸렸다.

"맞군. 다들 신속히 이동한다."

남자의 명이 떨어짐과 동시에 이들은 빠른 속도로 마을을 벗어났다.

이들은 그 누구도 자신들의 행사를 모르리라 생각했다.

하지만 이들은 꿈에도 생각하지 못했다.

오히려 자신들이 미끼를 덥석 물었다는 사실을.

소년을 납치한 일단의 무리는 요렌시티로 들어왔다.

파렴치한 짓거리를 일삼는 무리라 딕스는 이들이 뒷골목 아주 음습한 곳에 아지트가 있을 것이라 생각했다.

하나 막상 놈들을 추격해 보니 전국에 체인망을 갖고 있는 유명한 사탕 가게로 놈들이 쏙 들어가 버렸다.

'기발하군.'

그 누가 저 천벽과 사탕 가게를 연관 지어 생각하겠는가.

천벽이란 기괴한 조직을 거느린 황제는 성군이란 평판을 받는 자다.

아이러니하계도 말이다.

어쨌든 그 성군의 뒷구멍 행사가 참으로 눈살 찌푸리게 한다.

털어서 먼지 안 나는 놈 없다지만 그것도 정도가 있다.

물론 국가를 다스리는 최고 통수권자로서 어찌 정당하고 바른 일만 할 수 있겠는가.

하지만 그 역시 정도란 게 있다.

천벽의 실체가 세상에 알려진다면 제국의 백성들은 아마 지금처럼 황제를 칭송하지는 않을 것이다.

하나 권력이란 무소불위다.

해가 달이라 해도 믿게 만들 수 있으며 지나가는 똥개를 사자라 해도 믿게 만든다.

믿지 아니한 자들은 역적이요, 반역도가 되어 형장의 이슬이 되거나 아님 저 오지의 탄광에서 평생을 허리 한 번 못 펴보고 그리 살 테니까.

'흠, 데일, 그 개 같은 처남은 새우 잘 잡고 있으려나?'

자신의 가진 바 권력으로 딕스 역시 레이첼의 오라비인 데일을 외딴섬 새우잡이로 평생을 썩도록 조치했다.

돈 몇 푼과 말 한마디가 만든 결과다.

아마 데일은 영문도 모른 채 사람들의 식탁을 위해 피땀을 쏟아내며 노력하고 있으리라.

"다음엔 뭐냐?"

혼자만의 생각에 잠겨 있던 딕스에게 룩센이 말을 붙인다.

그제야 상념을 털어낸 딕스는 어깨를 당당하게 폈다.

"마인 등장!"

"무슨 뜻?"

마인이란 무엇인가!

바로 깨달음의 벽에서 좌절해 사특한 길로 들어선 자들을 말함이다.

힘은 얻었으나 정신이 황폐화된 반미치광이들.

딕스는 지금 이를 거론하며 위험한 미소를 짓고 있었다.

"천벽은 재능자와 마인에게 관심이 많잖아. 내가 이 기회에 둘 다 놈들에게 제공하겠다는 거지. 아! 하나는 제공했군. 가짜지만."

"이번엔… 네가 미끼가 될 생각이냐?"

"천만에. 사냥꾼이지. 룩센……."

"목소리는 왜 깔지?"

"네가 내 옆에 붙어 있으면 놈들에게 발각당할 우려가 있다. 놈들도 바보가 아닐 테니 네가 내게 붙었다는 것쯤은 파악하고 있을 거야."

룩센은 딕스의 말에 수긍했다.

"그래서?"

"네 장기를 살려서 제국의 기밀 좀 빼와. 천벽에 관계된 내용도 좋고, 군사기밀이나 북부에 암약 중인 제국 첩자들의 명단도 좋다. 아, 날 어떻게 찾냐고는 묻지 마라. 네가 노력 안 해도 다 알 수 있게 이 몸이 유명 인사가 되어 있을 테니까.”

이제까지 그만큼 퍼 먹여줬으면 은혜 갚음 할 때도 되었다.

자신의 이 건전한(?) 부탁을 녀석이 들어주지 않는다면 최근에 익힌 물의 검에 각별한 마음을 담아서 녀석에게 선사할 생각이다.

“나도 만능은 아니다. 그러니 네가 원하는 것의 전부를 가져올 수는 없을 것이다.”

룩센이 순순히 자신의 요구를 받아들이자 딕스는 내심 놀라움을 금치 못했다.

적어도 몇 번은 룩센과 입씨름할 걸 각오했기 때문이다.

착하게도 저리 순순히 말을 들어주니 어찌 즐겁지 않겠는가.

'아, 돈 굳었다!'

이런 딕스의 속을 간파했음일까? 그냥 가지 않는 룩센이다.

“돈 줘.”

순간 딕스는 욱했다.

하지만 귀중한 정보를 룩센이 선뜻 물고 오겠다고 하니 딕스는 이번엔 군소리 없이 녀석이 원하는 만큼의 재물을 안겨주었다.

끝으로 룩센에게 딱 한마디 한다.

"노름은 하지 마라. 주정뱅이보다 그게 더 나빠."

진심이 묻어나는 그의 충고에 룩센은 픽 웃더니 순식간에 종적을 감추어 버렸다.

역시나 유령 같은 녀석이다.

아니, 왠지 점점 유령이 되어가는 듯하다. 느낌에.

"그럼 마인이 되어볼까. 이름도 멋지게 하나 지어주는 센스를 첨가해야겠지. 흐흐흐."

제국이 그간 공국에 자행한 깽판을 공국을 대신해 이 제국 땅에 화끈하게 보답하리라.

받은 만큼 돌려준다.

이자는… 약소하게 1,000퍼센트로 가볍게 책정한 딕스다.

무거운 회색 하늘이 사람들의 마음을 짓누른다.

바람의 기운도 확연히 강성해졌다.

거센 눈보라가 휘몰아치기에 모든 조건을 갖춘 날씨다.

딸랑딸랑.

문에 달린 종이 온몸을 흔들며 방문객이 왔음을 그 주인에게 알린다.

"어서……?"

차가운 바람을 휘감은 칙칙한 회색 로브인이 가게로 들어섰다.

로브인의 얼굴은 커다란 후드 안에 들어 있어 이를 식별할 수 없지만 그의 신장과 넓은 어깨를 통해 성별은 금세 눈치챌 수 있다.

인상 좋은 중년의 가게 주인은 순간적으로 사탕 가게나 운영할 자의 눈빛과는 거리가 아주 먼 눈빛을 보였다.

그건 찰나에 지나지 않았다.

가게 주인을 내내 지켜보아도 이를 파악하기 힘들다.

로브인은 진열대 끝에 서서 미닫이 평면 유리창을 열었다.

드르륵.

날씨 탓인지 널찍한 사탕 가게 안엔 고작 열 명 남짓한 손님이 전부였다.

다들 독특한 느낌을 물씬 풍기는 이 로브인에게서 시선을 떼지 못했다.

"엄마, 저 아저씨 나쁜 마법사 같아."

"쉿! 그런 얘기 하는 거 아냐."

아이의 말처럼 회색 두꺼운 로브인의 모습은 대악당급 위용을 뽐냈다.

진열대에서 사탕을 빼 들던 로브인이 고개를 아이 쪽으로 돌렸다.

커다란 후드는 그 위치에 있어야 할 얼굴 대신 시커먼 그림자만 보여주었다.

순간 아이는 겁에 질렸고 아이의 어미는 놀란 얼굴로 그에게 급히 사과하곤 고개를 홱 돌렸다.

허둥지둥.

속도를 올리며 사탕을 고르는 여인의 모양새가 좀 전의 신중한 손길과 확연히 달랐다.

달콤한 맛으로 가득한 사탕 가게는 무법자 포스를 풀풀 날리는 이 로브인으로 인해 답답한 적막감에 휩싸였다.

가게 주인이 작게 헛기침하며 로브인에게로 걸어왔다.

"제가 도와드릴까요, 손님? 사탕 종류가 참으로 많죠. 하하하."

주인은 인상 좋은 그 얼굴에 푸근한 미소를 지으며 편안한 목소리로 로브인에게 말했다.

손님들은 주인이 나서자 그제야 긴장된 표정을 풀었다.

이곳은 도심이다.

밖의 날씨가 좋지 않아서 사람들의 왕래가 오늘따라 유난히 없긴 하지만 그래도 행인이 아예 없는 것은 아니다.

또한 한 블록만 더 가면 치안대 건물도 있었다.

로브인은 주인의 친절을 무시하더니 핑크색의 사탕을 골랐다.

다들 이 핑크색 사탕과 로브인이 참으로 어울리지 않는다고 생각했다.

한 계집아이가 로브인이 고른 핑크색 사탕을 보며 그 작은 머리를 이리저리 갸웃거리더니 제 어미에게 질문을 던졌다.

"엄마, 핑크색은 여자애가 먹는 거죠? 그렇죠?"

여자아이의 어머니는 난감한 표정으로 로브인의 눈치를 보다가 자신의 딸애에게 조용하게 말했다.

"루시는 진한 밤색의 초콜릿 사탕을 좋아하잖아. 그건 여자애들이 싫어하는 색이잖아. 그렇지 않니?"

"아! 음식은 가리면 안 된다는 거군요. 알았어요. 그럼 엄마, 나도 저 큰 아저씨가 들고 있는 핑크색 사탕 사 줘요."

가까이하기엔 너무 찜찜하고 두려운 느낌을 주는 로브인이다.

지금 그 남자 주변으로 누구도 얼씬하지 못했다.

어찌 저리 괴이한 분위기를 풍길까?

그나마 가게의 주인아저씨가 그 남자를 상대하고 있기에 망정이지 그렇지 않았다면 가게 안의 손님들은 부랴부랴 가게를 나가 버렸을 것이다.

아무튼 로브인이 달콤한 사탕 가게의 물을 확실히 흐리고 있었다.

로브인 본인은 이를 전혀 자각하지 못하는 듯 보인다.

"옜, 조금 있다가. 지금은 다른 것을 보자꾸나."

루시의 어머니는 소녀를 달래며 로브인과 최대한 먼 거리의 진열장으로 총총히 걸어갔다.

소녀 쪽으로 얼굴을 돌렸던 로브인의 고개는 다시 제 손에 쥐고 있는 핑크색 막대 사탕으로 이동했다.

그러곤 이를 혀로 할짝거렸다.

휙, 빠삭.

로브인이 던진 사탕이 바닥에 부딪쳐 깨졌다.

작은 소리였지만 그로 인한 적막한 분위기 탓에 이 소리는 꽤나 크게 들렸다.

모든 이의 눈길이 로브인에게로 향했다.

가게 주인이 황당한 표정으로 로브인에게 가까이 다가섰다.

"대체 이 무슨 행패요!"

로브인은 가게 주인의 말엔 신경조차 쓰지 않았다.

그는 또 다른 사탕을 집어 들었다.

이번에도 혀만 살짝 대고는 휙 던져 버렸다.

빠삭.

아이들은 겁에 질렸다.

그 어미들도 당황하고 겁먹긴 마찬가지였다.

다들 집으로 돌아가고 싶은 눈치가 역력했다.

하지만 로브인의 위치가 모두의 길목을 절묘하게 막고 있었다.

휘익, 빠삭.

또다시 로브인의 손에 애꿎은 사탕이 버려졌다.

마음씨가 바다보다 넓은 이도 이를 보고는 절대 참지 못할 것이다.

가게 주인이 소매를 걷어 올리며 로브인을 향해 더욱더 바짝 접근했다.

석둑!

베는 소리가 났다.

그 소리는 로브인을 향해 다가가던 가게 주인의 머리칼에서 나왔다.

가게 주인의 얼굴이 대번에 경직됐다.

주춤거리며 뒤로 물러선 가게 주인의 눈매가 가늘어진다.

평범한 자들은 결코 흉내 낼 수 없는 강한 눈빛을 순간적으로 주인이 발산했다.

또한 주인의 자세 역시 오랜 시간 무술을 연마한 자의 흔적이 엿보였다.

이는 고수가 아니고는 알아볼 수 없는 자세다.

"당신… 누구지?"

주인의 목소리가 나직하게 깔려 로브인에게 향했다.

가게 안은 이제 농도 짙은 공포 분위기가 조성됐다.

소심증이 있던 한 아이는 울음을 터뜨리기 일보 직전이다.

로브인은 크게 달라진 주인의 표정과 태도에 신경 쓰지 않았다.

그는 마치 기계처럼 진열대의 사탕을 집어 들곤 혀만 댄 뒤 계속 이를 버렸다.

이는 결코 정상적인 행동이 아니다.

그러나 장내에 있는 그 누구도 로브인에게 이를 말하지 못했다.

그가 풍기고 있는 괴이한 분위기 때문이었다.

우르르.

두려움을 이기기 위해 절로 하나의 덩어리가 된 손님들.

로브인이 그쪽으로 가자 모두 한마음 한 몸이 되어 썰물처럼 뒤로 물러섰다.

드르륵.

이번에도 로브인은 좀 전과 똑같은 행동을 반복했다.

소녀 하나가 용기를 낸 듯 로브인에게 척척 걸어가기 시작했다.

루시라는 아이였다.

아이의 어미가 크게 놀라 루시를 잡으려 했지만 아이가 더 빨랐다.

아이가 로브인의 로브를 잡아당긴다.

스윽.

로브인이 루시를 내려다보았다.

순간 후드의 짙은 그림자로 인해 아이는 로브인이 '얼굴도 없는 무시무시한 괴물이 아닐까?'라는 생각을 했다.

당장 울음을 터뜨리며 엄마 품으로 뛰어들고 싶었다.

하지만 올바른 가정교육을 받은 당찬 이 아이는 물러서지 않았다.

"음식 버리는 거 아니에요. 할아버지랑 할머니랑 아빠랑 엄마랑 언니랑 선생님이 그랬어요. 음식 버리면 나쁜 사람이 된대요."

로브인은 주변을 스윽 둘러보았다.

안절부절못하는 젊은 아낙이 로브인의 눈에 들어온다.

로브인의 후드가 그 어미와 아이를 번갈아 보았다.

그러더니 아이의 이마에 꿀밤을 세게 먹였다.

딱!

"으아아아아아앙!"

루시는 주저앉아서는 서럽게 울음을 터뜨렸다.

나쁜 것을 지적하고 고쳐 주는 일은 좋은 일이라고 했다.

착한 아이는 절대 나쁜 짓을 하면 안 된다고 배웠다.

이 대단한 배움을 어린 마음에도 가르쳐 주려고 했더니 그 보답이 뼈아픈 딱밤이다.

이는 루시의 상식에서 절대 일어나서는 안 될. 그야말로 천지가 뒤집어지는 일이었다.

충격 반, 아픔 반으로 울음을 터뜨린 아이를 향해 어미가 달려와 잽싸게 안더니 원망의 눈초리를 로브인에게 짧게 날린 뒤 곧장 가게를 나가 버렸다.

이를 시작으로 다른 이들 역시 도망치듯 밖으로 빠져나갔다.

휑한 가게 안엔 이제 로브인과 한가락 할 것 같은 느낌의 가게 주인밖에 남지 않았다.

휘이이이잉.

덜컹덜컹.

완전히 닫히지 않은 입구에서 세찬 겨울바람이 들어와서는 가게 안을 멋대로 휘젓는다.

"내 입맛에 맞는 사탕 주지 않으면… 가게 다 때려 부수겠다."

로브인이 천천히 자신의 입장을 정리해 가게 주인에게 명백히 밝힌다.

그의 말에 가게 주인은 순간 어처구니가 없어 할 말을 잃고 만다.

"누구냐!"

주인의 목소리엔 육식동물의 기세가 실려 있었다.

로브인은 이에 전혀 영향을 받지 않은 오만한 어조로 짧게 말했다.

"본좌의 이름은… 노도!"

제7장

적성에 맞는 일

　새해 4일 전, 제국 북부 요렌시티에 맹추위와 함께 마인이
등장했다.

　이 소문은 한파조차 어쩌지 못했다.

　요렌시티에 등장한 마인. 무섭게 밀려오는 큰 파도란 뜻을
가진 이름을 사용하는 자.

　노도!

　제국 북부는 괴악망측한 신마인의 등장에 잔뜩 긴장했고
신마인의 등장은 마도 통신기를 통해 그 즉시 중앙으로 송신
됐다.

　"마인?"

"예, 벽주님."

제국의 수도. 그곳에는 황궁과 근접한 곳에 기세등등하게 서 있는 건물이 있었다.

황제의 총애가 하늘을 덮고 바다를 메울 만큼 지대하다는 천벽의 둥지다.

그 둥지 깊은 곳. 천벽의 수장을 향해 누군가 공손히 보고한다.

성도 이름도 세상에 알려진 바 없는 천벽의 벽주.

"새해 선물인가? 좋군."

마인의 등장은 예로부터 재앙으로 여겨진다.

하지만 여기 이 사람, 천벽의 수장은 이를 반가운 선물로 여기고 있었다.

그의 이러한 반응을 보고자 역시 당연하다는 듯이 받아들인다.

길들이면 쓸모가 참으로 많은 가축.

천벽의 인사들에게 마인은 바로 이런 존재에 불과했다.

"이번에도 잡아들일까요?"

"그래, 그렇게 하도록. 참, 룩센은 어찌 됐나?"

마인의 등장에 반색하던 천벽의 수장.

하나 룩센을 거론하는 지금 그의 목소리에는 약간의 분노와 아쉬움이 진하게 느껴졌다.

"클라우드에게 일임했습니다만 아직 결과를 내지 못하고

있습니다."

"흠, 그의 애비가 병사했다고 들었다. 그 때문이냐?"

"능력 부족이 아닐까… 아, 이건 제 사견입니다. 용서하십시오."

보고자는 벽주의 전신에서 날카로운 기세가 쏘아지자 겁에 질려 부복했다.

바르르 떠는 보고자의 등을 거만한 눈빛으로 내려다보던 벽주.

"룩센은 그림자 마법사들 중에서도 발군의 능력자다. 그에 대한 관찰과 연구는 아직 미진해. 녀석은 제 능력을 함부로 사용해 지금쯤 정신과 육체에 이상이 발생했을 것이다. 붕괴의 조짐을 사전에 파악하고도 이를 간과한 놈들에게 놈을 잡아 오라고 해. 기한은 한 달!"

"며, 명을 받듭니다, 벽주!"

보고자는 그 짧은 시간에 식은땀으로 온몸이 흠뻑 젖었다.

이는 상대에 대한 극심한 두려움이 그의 내부에 존재하고 있음이다.

홀로 남은 벽주는 눈발이 날리는 창밖을 바라보았다.

그의 묵직한 시선이 향하는 곳. 카페니스 제국의 지배자가 거하는 황궁이었다.

프랭크는 요렌시티에서 10년간 사탕 가게를 운영했다.

사람들은 프랭크를 매우 좋은 사람이라고 여겼다.

가난한 아이들에게 매주 사탕을 나누어 주었고 빈민들을 위해 수익의 30퍼센트를 기부했다.

이러한 그의 선행을 잘 알고 있었기에 멀리서도 그의 가게를 찾아오는 손님들이 많다.

한데 요렌시티에서 그 선행의 대명사로 통하던 프랭크의 현재는 몹시 피폐해 있었다.

"토끼면 다음엔 죽는다."

프랭크를 향해 협박을 날리는 자.

펑퍼짐한 로브와 큰 후드로 전신을 가린 이 사내.

제국 북부에서 크게 악명을 떨치고 있는 마인 노도였다.

마인의 괴팍함은 이미 세상에 널리 알려져 있는 사실이다.

단언컨대 마인 노도의 괴팍함은 그들의 역사에 한 획을 그을 만큼 매우 특별했다.

'달달해요'

프랭크가 운영하던 사탕 가게의 이름으로, 이 간판으로 가게를 운영하는 곳은 전국에 산재해 있다.

지금 마인 노도는 자신의 입맛에 맞는 사탕을 찾기 위해서 프랭크에게 목줄을 건 채 사탕 투어를 나서고 있었다.

처음엔 프랭크에게 목줄이 없었다.

프랭크가 탈출을 시도하자 노도는 어떤 집 마당에 있던 개를 패 죽인 뒤 그 개의 목줄을 그에게 걸어버렸다.

"제발… 왜 이러십니까? 풀어주십시오. 제가 노도 님께 잘 못한 것이 없지 않습니까? 노도 님의 입맛에 맞은 사탕이 없다 해 사람을 이리 짐승처럼 대하는 것은 옳은 처사가 아닙니다. 그러니 제발……."

분하고 억울한 마음에서 프랭크는 노도에게 거센 목소리로 항의했다.

사실 프랭크에게 힘이 없는 것은 아니다.

남들이 알면 깜짝 놀랄 무력을 그는 갖추고 있었다.

사탕 가게 주인은 그의 위장 신분.

그의 진실한 신분은 요렌시티 천벽 지부장이다.

"인생은 내키는 대로 사는 거야."

노도는 소통이 안 되는 인간의 전형적인 모습을 보여주고 있었다.

뭐, 마인들 대부분이 그렇지만.

"정말 제국의 모든 사탕 가게를 다 뒤엎어 버릴 심산이십니까? 그런데 왜 하필 '달달해요'만 터시는 겁니까?"

"이름이 달달하잖아. 그러니까 너흰 내게 최고의 맛을 보여줄 의무가 있다. 자고로 이름값을 못 하면 개발려야 하는 법이다. 큭큭큭."

마인 노도, 아니, 딕스는 지금까지 살아오면서 최근이 가장 마음 편했다.

이리저리 눈치 보고 틀에 맞출 필요 없이 그저 제가 하고 싶은 대로, 내키는 대로 막 저질러도 되기 때문이다.

그렇다고 인간 망종의 짓은 않는다.

오직 천벽과 관련된 자들만 그는 조지고 있었다.

자고로 개를 패야 주인이 나오는 법.

벌써 딕스가 팬 개는 이십여 마리를 넘어서고 있었다.

"그, 그런 억지가……"

약자의 설움이 밀려온 프랭크. 그는 말끝을 흐렸다.

아니, 흐릴 수밖에 없었다.

눈앞의 인간은 마인이다.

달리 그 무슨 말이 필요 있겠는가.

'하아, 상부에선 왜 저자를 포획하러 오지 않는 거지?

잔뜩 찌푸린 얼굴로 프랭크는 상부의 느린 처사를 잠시 원망했다.

하지만 그의 원망은 곧 연기처럼 사라졌다.

스스스.

'왔구나!'

프랭크는 내심 환호했다.

드디어 짐승 같은 이 생활을 벗어날 수 있단 희망이 생겼다.

아니, 확신했다.

"노도, 네놈도 끝장이다. 이제 네가 짐승처럼 부림을 당할 것이다. 크크크."

좀 전까지 딕스에게 동정을 구하던 프랭크였다.

한데 지금은 그 태도를 싹 바꾸어 오히려 동정하는 눈빛을 보냈다.

딕스는 고개를 들었다.

커다란 후드는 좋을 때가 참 많다.

특히 자신의 표정을 신경 써서 관리하지 않아도 된다는 점이 좋았다.

"네가 마인 노도냐?"

열 명의 인영이 나타났다.

이 중 여덟 명은 후방에 있었고, 두 명이 앞으로 나와 나른한 어조로 딕스에게 물음을 던졌다.

딕스는 두 사람을 살폈다.

어찌 다른 그림자 마법사들은 2인 1조로 움직이는데 룩센만이 독자적으로 움직였을까?

순간 이러한 의문이 잠시 뇌리를 스쳤다.

지금은 그보단 눈앞의 먹잇감이 중요했다.

드디어 첫 수확의 시기.

스윽.

몸을 일으킨 딕스는 저들을 향해 천천히 말한다.

"나 같음… 안 했을 것이다."

"……?"

딕스의 성실한 물의 척후는 이미 놈들의 등장을 알려왔다.

겉으론 태연했지만 내심 그는 모든 전투준비를 완료해 놓았다.

물의 힘은 보조, 주력은 어느 날 문득 찾아온 물의 검.

마인으로 위장하기에 이보다 더 적당한 힘은 없었다.

과연 그 누가 지금의 자신과 물의 마법사 딕스를 연관 지어 생각하겠는가.

힘을 사용하는 방식부터가 확연히 다른데.

물의 검이 은밀히 두 그림자 마법사를 노린다.

이 힘에 호되게 당해본 유경험자, 프랭크.

"조심하시오! 놈의 수법은 굉장히 은밀합니다!"

프랭크의 경고와 물의 검은 간발의 차이였다.

아니, 경고가 더 빨랐다.

그 간발의 차이가 딕스의 공격을 무위로 돌리고 말았다.

우측의 그림자 마법사는 온몸이 다이아몬드처럼 단단해졌고, 좌측의 그림자 마법사는 불꽃이 되어 흩어졌다.

땅과 불의 그림자 마법사!

딕스는 프랭크의 가슴팍을 퍽 찼다.

프랭크의 몸이 앞쪽으로 쏠렸다.

그 위치는 딕스를 향해 놈들의 공격이 쏟아지는 곳이었다.

졸지에 인간 방패막이가 된 프랭크.

"크아아아아아ㅡ악!"'

저들에게 경고를 함으로써 프랭크는 목숨을 잃었다.

딕스는 두 번째 마법을 발동했다.

주변에 자욱한 안개, 그리고 깊게 쌓인 눈.

이곳은 딕스에게 호의적인 전장이었다.

'증거 인멸!'

이 말이 딕스의 뇌리를 스쳐 지나가는 그 순간, 후방에 있던 두 그림자 마법사의 일행이 비명을 지르며 픽픽 쓰러졌다.

눈밭에 쓰러진 이들의 몸은 곧 눈 속으로 흡수됐다.

실은 강력한 독에 온몸이 녹아버린 것이지만 멀리서 보면 그리 보였다.

타닥닥, 타다다다닥.

"저놈이 독을 사용하는군."

독과 불은 상극이다.

그것이 불의 그림자 마법사에 의해 증명됐다.

여러 개의 불꽃으로 몸을 나누어 딕스의 공격을 피했던 불의 그림자 마법사는 이제 그 불꽃을 모두 모아 하나의 불꽃이 되었다.

3미터에 이르는 거대한 불덩어리.

놈의 주변은 증기로 뿌옇게 변했다.

그리고 온몸을 다이아몬드처럼 단단하게 만들었던 그림자 마법사.

"잔재주도 있군, 마인 주제에."

두 그림자 마법사에게 딕스의 강력한 독은 통하지 않았다.

딕스는 눈살을 찌푸렸다.

하지만 그가 지닌 힘은 이뿐만이 아니다.

물의 척후가 이 일대에 인간이 없다는 보고를 해온 바로 그 순간, 딕스는 시리우스를 소환했다.

시리우스는 다이아몬드 마법사를 상대했다.

강력한 방어력과 공격력을 가진 이 마법사에게 시리우스는 적합한 상대였다.

그리고 거대한 불꽃 마법사를 상대로는 물의 마법사인 딕스가…

"불꽃, 여긴 나에게 효율적인 전장이다."

두 그림자 마법사는 자신들이 암습을 받았을 때보다 지금 상황에 더 깜짝 놀랐다.

시리우스와 땅의 그림자 마법사가 맞붙었다.

물리적인 힘끼리 격돌하자 마치 지상에 천둥의 신이 강림한 듯 그 소리가 매우 크고 우렁찼다.

이들을 중심으로 지면에 쌓인 눈이 다시 허공 높이 치솟았고, 땅거죽은 거북이 등껍질처럼 쫙쫙 갈라지더니 압력을 견디지 못하고서 일제히 하늘 높이 솟구쳐 올랐다.

콰지지지직.

쿠르르릉.

콰쾅쾅—!

"대, 대체 네놈은?"

당혹과 불신에 휩싸인 불의 그림자 마법사 주위로 물의 힘이 크게 세력을 떨친다.

두껍게 쌓인 눈, 대기에 가득한 습기, 그리고 살을 에는 냉기.

이 모든 요소는 딕스에게 마나의 절감과 공격력 상승이라는 효과를 주었다.

거대한 파도처럼 딕스의 힘은 곧장 불의 그림자 마법사를 덮쳤다.

불과 물이 충돌했다.

츄우우우우우ㅡ!

엄청난 양의 증기가 폭발하듯 사방으로 뿜어진다.

사방은 이 증기로 인해 한 치 앞도 분간하기 힘들다.

눈으로 사물을 바라보는 자들에겐 최악의 환경이 만들어진 것이다.

그러나 딕스에게 이는 장애 요소가 되지 않는다.

물의 척후는 이 현상에 아무런 영향을 받지 않고 본연의 활동을 충실히 수행하고 있었다.

녀석은 장님 신세와 다름없는 현재의 딕스에겐 제삼의 눈이나 마찬가지다. 늘 그랬지만.

거대한 파도의 습격을 받은 불꽃의 크기가 점점 줄어들기 시작했다.

한두 번이라야 버틸 수 있다.

치고, 치고, 또 친다.

불의 그림자 마법사는 파도처럼 밀려오는 해일을 상대하는 기분을 느꼈다.

그것은 절망이요, 공포였다.

상극끼리의 부딪침은 일방의 힘의 크기에 따라 그 승패가 좌우된다.

그리고 이 장소에서 우위를 차지하는 이는 딕스였다.

치이이이익.

불꽃의 힘은 어느 순간 빠른 속도로 약화되고 있었다.

"크아아아아아악!"

불의 그림자 마법사는 그렇게 긴 비명과 함께 사그라졌다.

딕스는 곧장 눈길을 돌렸다.

땅거죽을 뒤집으며 땅의 그림자 마법사와 시리우스는 여전히 맹렬하게 붙어 싸우고 있었다.

자세히 보면 승기는 시리우스 쪽으로 크게 기울어 있었다.

여기에 딕스가 약간의 지원을 하자 몸체를 다이아몬드처럼 단단하게 만들었던 흙의 그림자 마법사 역시 불의 그림자 마법사의 뒤를 따라 곧 굉음과 함께 사라졌다.

그 주변은 초토화됐다.

파사사삭.

바람과 함께 날리는 잔재들.

'약한데. 흠.'

룩센의 영향 때문일까?

딕스는 그림자 마법사가 굉장히 까다롭고 어려운 상대라는 인식이 강했었다.

이는 그 자신이 얼마만큼 강력한 마법사인지 모르고 하는 소리였다.

적어도 그는 대륙에서 열 손가락 안에 꼽히는 강자로 봐야 한다.

아니, 한 손으로 꼽아야 하지 않을까 싶다.

열여덟. 갓 미성년을 벗어난 녀석치곤 참으로 놀라운 실력이 아닐 수 없다.

"수도로 곧장 진격해 버릴까?"

긁적긁적.

제국의 수도를 완전히 녹여 버리는 것도 괜찮을 것 같다.

어차피 그곳에 천벽의 본부가 있지 않은가.

하지만 그래도 모를 일이다.

룩센 같은 놈이 또 있을지.

'그 시키는 내 인생의 트라우마구나. 휴우.'

고개를 절레절레 내저으며 폐허의 전장을 뒤로한 채 딕스는 다음 목적지를 향해 천천히 이동했다.

'달달해요' 사탕 가게를 찾아서.

천벽은 네 명의 그림자 마법사를 잃었다.

이는 천벽이 탄생한 이후 처음 겪는 뼈아픈 손실이었다.

그림자 마법사는 특별한 방식을 거쳐 힘을 각성한 존재들이다.

지금은 잊힌 신비의 힘인 주술에 의해서 탄생했다.

하지만 이 주술의 강력함도 완벽하지는 않았다.

확률은 십분의 일.

열에 아홉은 쓸모없는 자가 되고 만다.

이들은 인간으로서의 모든 것을 박탈당한 채 실험실 생쥐처럼 살다가 잔인하게 소각당한다.

실험실.

이 평범한 단어가 어떤 이들에겐 제 살을 쥐어뜯어 낼 만큼, 제 심장을 손수 부숴 버리고 싶을 정도의 공포의 공간이 되기도 한다.

스스스.

싸늘한 백색의 복도에 룩셴이 등장했다.

실험실을 가득 채운 역겨운 냄새.

이것에 익숙한 자들은 이를 잘 맡지 못한다.

더 강한 향으로 이를 눌러 버렸기에 그들은 이곳을 쾌적하고 깨끗한 환경이라고 여긴다.

하지만 이곳은 쾌적하지도, 깨끗하지도 않다.

겉으로 보이는 것이 전부가 아니라는 말을 세상은 안다.

그럼에도 세상은 늘 겉만 본다.

백색… 순결하다고 말한다.

그러나 그 백색의 세계에선 단 하루도 버틸 수 없다.

이것이 백색이 던지는 공포다.

턱.

룩셴의 육신이 순간 비틀어 짠 수건처럼 전신이 비틀어지는 현상을 보였다.

이는 인간의 육신으로는 도저히 표현되기 힘든 모습이다.

바들바들.

벽을 짚은 채 고개를 아래로 숙인 룩셴.

그렇게 한참을 통렬한 괴로움과 그는 싸웠다.

이 싸움에서 패하는 날…

'자선, 수다, 사치, 친구. 이제… 복수만 남았군. 다 볼 수 있을까?

죽기 전에 해보고 싶은 일들.

룩셴은 다섯 개의 항목을 만들었다.

그중 가장 무게감을 둔 것은 마지막 복수였다.

룩셴에겐 과거가 없다.

이는 그림자 마법사 모두가 그랬다.

그냥 어느 날부턴가 자신은 존재했고, 조직의 명령에 따라서 그게 옳든 그르든 선택의 여지가 없이 움직였다.

그것이 제 삶의 소중한 일부인 양 말이다.

그러나 그건 삶의 일부가 아니었다.

끔찍한 고통을 수반한 죽음의 일부가 되어가는 길이었다.

죽음.

이젠 별 감흥이 없는 단어였다.

적어도 그림자 마법사에게는 그랬다.

그랬던 룩센이 달라졌다.

어느 강변, 그리고 대단한 능력을 지닌 물의 마법사 소년, 그 소년의 피, 그 피의 냄새는… 자신을 잊어버린 채 하나의 도구로 살았던 룩센의 깊은 곳에 강렬한 파문을 일으켰다.

그때를 시작으로 룩센은 자신의 인생에도 선택이란 단어가 존재하고 있음을 깨달았다.

자의의 삶.

아직은 그것이 무엇인지 룩센은 명확하게 알지 못했다.

그 알지 못하는 삶이 궁금해 자신에게 파문을 선물(?)한 소년에게 심술을 부렸다.

룩센이 본 그는, 아니, 딕스는 모든 것을 완벽하게 갖춘 축복받은 빛나는 존재였다.

'녀석은 제 자신이 얼마나 대단한 녀석인지 모른다. 그게 그 녀석답지만.'

룩센은 다시 힘을 낸다.

"누구냐?"

"치, 침입?"

경비들이 룩센을 발견했다.

이들에게 이것은 불행이다.

양측의 거리는 15미터.

경비들에게 이 거리는 제 목숨을 지킬 수 있는 안전한 거리였다.

아니, 상식적으로는 그렇다.

안타깝게도 그들의 상대는 다른 누구도 아닌 상식의 파괴자 룩센이었다.

서걱!

살을 벨 땐 무슨 소리가 날까?

한때 이것이 궁금했던 룩센은 상부에서 제거를 명한 한 여자의 전신에 867번의 칼질을 한 적이 있었다.

그 여자의 비명은 백 번의 숫자가 채워지기도 전에 멈추었다.

죽었냐고? 아니다.

767번의 경련이 여자의 비명을 대신했다.

867번의 칼질을 당해도 인간은 죽지 않았다.

인간의 비명은 57회의 칼질에 멈춘다.

비명을 대체하는 것은 경련.

이후에도 여러 인간을 상대로 룩센은 제 호기심을 충족하기 위해서 끔찍한 만행을 저질렀다.

그때의 그는 그냥 도구였고 인형이었다, 파문을 만나지 못했던 시절의 그는.

털썩털썩.

두 경비가 쓰러진다.

단 한 번의 완벽한 칼질에 의해서.

'인간은… 단 일 회의 칼질에도 죽을 수 있다.'

당연하다.

하지만 예전의 룩센에게 이는 당연한 일이 아니었다.

"끄아아아아!"

"어어어어억!"

"으야야야양!"

비명이 복도를 꽉 메운다.

룩센은 단검을 내려뜨리며 소리가 들린 곳으로 저벅저벅 걸어갔다.

그가 걸어가는 곳마다 작은 피의 꽃이 피어난다.

쓰러지는 자들, 번지는 핏물.

백색의 실험실은 오랜 제 색을 버리고 새로운 컬러를 받아들이고 있었다.

"형제들… 해방의 시간이다."

철컹, 철컹, 철컹.

우르르르.

우와아아아아아아아!

그날 실험실 쥐들이 반란을 일으켰다.

지상으로, 지상으로.

백색의 차가움이 아닌 백색의 따뜻함을 찾아서 그들은 그렇게 올라간다.

그러나 그들을 기다리는 것은 결코 따뜻한 백색의 세상이 아니었다.

"말살하라!"

비정한 세상이었다.

사람에겐 누구나 숨기고 싶은 것들이 한두 가지씩 있다.

아버지의 비상금, 어머니의 옛사랑, 바닥을 기는 학생의 성적표, 사춘기 소년의 축축한 빤스…

"이런, 이 나이에… 하아."

어젯밤 딕스는 꿈을 꾸었다.

레이첼을 만났다.

그녀는 파랑새처럼 날아와 맑은 종처럼 소리를 냈다.

그녀와 함께 웃고 떠들었다.

같이 목욕도 했고 사랑도 나누었다.

깊이를 알 수 없는 열락의 세계에는 거대한 달콤함이 존재했다.

그 달콤함에 파묻혀 자신을 꽁꽁 묶고 싶었다.

하지만 그 묶음은 그만 터져 버렸다.

그게… 현실의 이 빤스다.

그래도 예전과 달라진 점은 손빨래를 굳이 할 필요가 없다는 점이다.

이것이 그에게 작은 위로와 위안이 된다.

딕스는 눈을 감고 레이첼을 떠올렸다.

꿈에서 만난 그녀의 피부는 매끈했고, 몸매는 너무 착했으며, 그녀가 보여준 신비의 세계는 황홀하고 환상적이었다.

그의 달콤함은 오래가지 못했다.

"마인 노도! 꼼짝 마라. 조금만 움직여도 네놈의 그 너절한 몸뚱이에 바람구멍이 뚫릴 것이다!"

유명 인사가 된다는 것은 사실 몹시 피곤한 노릇이다.

행복한 단꿈을 살리기 위해 노력하는 사소한 일조차 못 하게 하니까.

딕스는 잔뜩 찌푸린, 불만이 가득한 얼굴로 눈을 떴다.

어찌나 화가 났는지 그의 안광에서 쏟아지는 눈빛은 마치 분출하는 화산을 보는 듯했다.

명색이 물의 마법사가 화산을 분출하는 것은 아니지 싶은데.

'하아, 또 햇병아리들이군. 오라는 것들은 엉덩이에 추를 달았는지 나타나지도 않고. 에휴.'

제국은 국어를 안 가르치나 보다.

주제를 모르고 날뛰는 애송이가 너무 많다.

딴에는 정의감에 불타서 저런다지만 그것도 상대를 봐가며 덤벼야 하지 않는가.

딕스는 짜증이 가득한 표정으로 빳빳한 새 갑옷과 새 검과 새 신을 신고 자신을 노려보는 풋내기들을 보았다.

어디서 고만고만한 것들이 모였는데 그 수가 30명쯤 된다.

목숨이 풍선도 아닌데 왜들 그리 가볍게 여기는지.

"마인 노도여! 난 숀리 가문의 아센 르 숀리다. 내 너의 악행을 더는 묵과할 수 없어 여기 의기 넘치는 동료들과 함께 너를 처단하러 왔다! 당장 무릎 꿇고 용서를 빌어라. 그럼⋯⋯."

딕스는 아센의 말을 뚝 끊고 물었다.

"살려준다고?"

"그, 그건 아니다. 넌 마인이다. 네가 저지른 악행은 도저히 용서할 수 없는 것이다!"

"나의 악행이라. 꼬맹이, 말해봐라. 내 악행이 무엇인지. 크크."

상상은 깨진 거울이 되어 더 이상 복원이 안 된다.

아쉽지만 한낱 꿈에 연연해 매달리는 것도 민망한 노릇이다.

심심하던 차에 애들(?) 데리고 잠시 놀기로 했다.

그래 봐야 딕스나 철부지 용사 집단의 평균 나이대는 비슷하다.

"넌, 넌⋯ 그러니까 넌⋯⋯."

마인 노도.

그의 첫 등장은 요렌시티 내 '달달해요' 사탕 가게다.

거기서 그는 제 입맛에 맞는 사탕을 요구했고, 이 요구가 관철되지 않자 가게 기물을 파손하고 그 주인을 개 줄에 묶은 채 돌아다녔다.

그러다 어느 순간 그 주인 ─프랭크─은 어찌 되었는지 보이지 않고 '달달해요' 사탕 가게만 노도 홀로 박살 내고 다녔다.

그 가게 외에는 이렇다 할 피해를 준 일이 단 한 건도 없다.

"더듬지 말고 말해봐라, 애송이."

누군가를 애송이라 칭하는 게 이런 맛이었을 줄이야.

"넌 사람을 개 줄에 묶었다. 그리고 개를 패 죽였으며 개 주인에게 갯값도 물어주지 않았다. 또한 하아… 사, 사탕 가게를 파손해 어린이들의 기, 기쁨을 빼앗았다. 그리고 필시 숨어서 사람들도 많이 죽였을 것이다! 내 말이 맞지 않은가!"

아센은 어색한 불호령을 터뜨렸다.

앞서 노도의 죄를 열거하다 보니 너무 유치하고 한심함을 느끼다가 마지막에는 증거가 없는 부분을 말할 때 이거다 싶어서 목소리에 힘을 잔뜩 주었다.

딕스는 상대에게서 때 묻지 않은 순수함을 느꼈다.

"크크… 애송이, 너 몇 살이냐?"

"뭣이라! 난 숀리 가문의 아센이다! 감히 나를 애송이라 부르다니."

"새끼야, 그래서 몇 살이냐고!"

"여, 열일곱이다!"

얼떨결에 제 나이를 말한 아셴의 얼굴이 빨갛게 달아오른다.

"이 시키, 너 미성년자구나. 어디서 머리에 피도 안 마른 것이 어른보고 반말이야. 그리고 너, 너, 너, 너흰 몇 살이냐!"

"여, 열여섯요."

"열다섯인데요."

"난 열여덟이다. 난 성년이다!"

개중 한 명은 딕스와 동갑.

딕스는 자신과 동갑인 남자의 턱을 강타했다.

두 사람의 거리는 절대 주먹으로 강타할 수 있는 거리가 아니다.

그런 데도 남자는 제 턱을 쥐고 나가떨어졌다.

"크아아아!"

아셴 무리에 급격히 긴장감이 팽배해진다.

모두가 검과 활을 딕스에게 겨누었다.

덜덜덜.

딕스는 이에 전혀 아랑곳하지 않았다.

물의 주먹을 맞은 남자가 겨우 정신을 차리고 일어선다.

딕스는 점잖은 목소리로 이 남자를 향해 일장 연설을 했다.

"이 시키야, 나이를 똥구멍으로 처먹었어? 나이를 먹었으면 나잇값을 해. 어린애들 데리고 이게 무슨 짓거리냐. 저러다 다들 이 손에 요단강 건너면 모든 잘못은 다 성년인 너에게 돌아간다. 알아, 몰라!"

"크리 형님, 노도의 말은 궤변입니다. 듣지 마세요. 이놈, 노도! 힘이 있다고 남들을 무시하고 괴롭히는 네놈을 빛의 용사단이 처단하겠다. 형제 여러분, 마인을 제거해 이 땅에 평화를 선물합시다!"

아센이 모두를 선동한다.

딕스는 녀석들의 조직 이름에 민망함을 느꼈다.

빛의 용사단이 뭔가. 빛의 용사단이.

이건 분명 동화책에서 표절했으리라.

딕스와 동갑인 크리라는 청년은 아직도 얼얼한 턱을 매만지다 아센의 선동에 제 검을 힘차게 뽑았다.

이들은 곧 하나의 덩어리가 되어 딕스를 향해 돌진했다.

그때 이들의 가족이 나타나서 딕스를 향한 그들의 돌진을 저지했다.

마인은 중소 집단이 상대할 수준의 괴물이 아니다.

한데 어린 자식들이 영웅 심리에 젖어 하라는 공부는 안 하고 부모의 지갑을 털어 무구를 구입해선 불나방처럼 제 목숨을 던지려 하고 있었다.

자식들을 막아선 부모와 그들이 대동한 병사와 용병들.

철부지들과 달리 이들은 매우 신중한 태도로 딕스의 눈치를 살폈다.

그리고 당연한 말이지만 철딱서니 없는 애들과 달리 이들은 무기는 빼 들지 않고 신중한 태도를 취했다.

'흠, 익스퍼트 기사도 다수 포진해 있군.'

철부지들의 부모 중 그래도 세력가가 있나 보다.

그러지 않고서야 익스퍼트급 기사를 이처럼 대동하기는 쉽지 않다.

딕스의 노는 물이 좀 커서 그렇지 익스퍼트 기사만 해도 흔히 볼 수 없는 대단한 능력자들이다.

현장엔 긴장감이 팽팽하게 감돈다.

철부지들의 부모나 그들이 대동한 자들은 다수다.

하나 이들 중 자신들의 현재 세력을 믿고 날뛰는 자들은 단 한 명도 없었다.

마인이 허락한다면 얌전히 물러설 마음을 내비친다.

모두의 대표가 자연 선출됐다.

아센의 아버지인 허르만 백작이다.

백작의 어조는 매우 정중했다.

"어린아이들의 만용이니 부디 이 일은 여기서 그만 끝내주시는 게 어떻겠습니까? 원하신다면 약소하나마 사례하겠습니다."

딕스가 제일 좋아하는 말이 무엇인가? 바로 먹어도 체하지 않는 선물과 사례(?)다.

천벽을 치는 것도 좋고, 그림자 마법사를 제거하는 것도 좋다.

하지만 여기에 소용되는 모든 비용은 모두 다 자신의 호주머니에서 나간다.

이는 공국에 청구할 수조차 없다.

왜냐면 제국을 건드린 일은 무덤에 들어가서라도 비밀로 해야 하기 때문이다.

'황제 시키, 보석상이나 하지 왜 사탕 가게야! 쪽팔리지도 않나. 휴우.'

가게마다 금고가 있다.

설레는 마음으로 매번 열어보면 그때마다 깊은 실망을 하게 된다.

그래서 열세 번째인가? 그때부터는 사탕 가게 금고 따위 열지 않게 됐다.

"사례라……."

딕스가 반응하자 허르만 백작이 즉시 이에 매달린다.

"예, 저희가 할 수 있는 선에서 최선을 다하겠습니다."

이런 게 참 좋은 것이다.

딕스는 그간 유노동 무임금 일을 해야만 했다.

매우 뜻깊고 그 자신의 미래에도 큰 도움이 되는 일이긴 하지만 당장 손에 쥐는 것이 없자 마음이 허전하기도 했다.

그랬던 딕스에게 허르만 백작의 제안은 충분히 솔깃한 내용이었다.

"나는 달달한 것도 좋아하지만 반짝이는 것도 좋아한다."

이 발언은 이후 딕스의 지갑을 채우는 효자 노릇을 한다.

부피는 작지만 가치가 큰 물건이 보석이다.

휴대도 쉽고, 처분하기도 쉽다.

그 양질의 먹잇감을 자발적으로 준다고 하는데 어찌 이를 마다하랴.

인생에서 부수입을 뺀다면 그것처럼 재미없는 삶이 또 어디 있으랴.

쑥덕쑥덕.

허르만 백작의 주도로 어른들이 모여 고개를 맞댄 채 상의에 들어갔다.

상대가 괴악하기로 유명한 마인이다 보니 사례 금액이 보통이 아닐 것이라 여겨 다들 경제력에 대해서 이실직고한다.

그렇게 대충 이야기가 끝나자 허르만 백작이 앞으로 나와서는 조심스럽게 말을 꺼낸다.

"50만 골드 상당의 보석을 드릴 수 있습니다."

딕스는 내심 10만에서 20만 정도는 나오지 않을까 생각했다.

의외로 큰 금액을 제시받은 딕스는 내심 놀라지 않을 수 없었다.

후드 속 그의 얼굴은 싱글벙글이다.

물론 겉으로 드러난 그의 외양은 마인의 포스가 생생하게 살아 있다.

'이거… 적성에 맞네.'

미성년 시절 대륙 북부 왕국을 주름잡고 다녔다면, 갓 성년이 된 지금의 딕스는 제국을 주름잡고 다닌다.

거칠 것 없이 행동하고 마음에 안 드는 곳은 무조건 때려 부순다.

힘이야 넘쳐 나니 완급의 조절 따위, 장단기전의 고려 따위는 없다.

오늘도 딕스는 한 도시에 들어가서 사탕 가게 하나를 작살 냈다.

이 가게 지하에서 그는 간혀 있던 작은 계집아이를 발견했다.

미간의 문장.

계집아이는 재능자였다.

"집에 가라."

계집아이에게 딕스는 퉁명한 어조로 말했다.

계집아이는 납치의 충격 때문인지, 아니면 원래부터 그런 것인지 말을 하지 않았다.

말귀는 알아듣는 것 같은데.

말 못하는 계집아이를 보자 딕스는 문득 레이첼이 떠올랐다.

사람은 누구나 약점이 있다.

딕스에게 가장 큰 약점은 레이첼이다.

이 아이에게서 레이첼이 겹쳐진 순간 딕스는 이 소녀에게 더 이상의 차가운 행동은 할 수가 없었다.

이것이 그의 실수였다.

암살자!

소녀는 놀랍게도 암살자였다.

그러나 여기에 당할 딕스가 아니다.

물의 검. 그것은 공격력도 뛰어나지만 한편으론 물리 방어 능력도 갖추고 있었다.

이는 얼마 전에 알게 된 내용이었다.

그것이 딕스의 목숨을 구명했다.

계집아이가 쥔 단검의 색깔은 검었다.

독을 먹인 검이리라.

소녀에게 잠시 잠깐 연민의 감정을 느꼈던 딕스였다.

감히 자신의 감정을 가지고 장난을 치다니.

암살자치곤 너무 어리나 자신을 향해 칼질한 녀석을 살려 둘 만큼 물러 터진 딕스도 아니다.

서걱!

물의 검이 계집아이의 목을 단숨에 긋는다.

고통은 없었으리라.

툭, 데구르르르.

푸화화화확!

짝짝짝.

계집아이의 목이 바닥에 떨어지고, 이것이 굴러다닐 때 뒤에서 박수 소리가 들렸다.

누군가 나타날 것이라는 것쯤은 이미 물의 척후를 통해 보고받은 딕스다.

천천히 몸을 돌린 딕스는 의도한 살의를 풀풀 피워 올렸다.

그리고 보라는 듯 주변의 물품을 물의 검을 이용해 과격하게 파괴했다.

박수와 함께 등장한 자는 하관이 기형적으로 좁은 남자였다.

남자는 그의 행동에 전혀 겁먹지 않았다.

오히려 재밌어 하는 눈치였다.

"넌 뭐냐?"

딕스는 목소리를 낮게 쫙 깔았다.

위협을 느낄 만한 음산한 목소리다.

그러나 이번에도 이 하관이 좁은 남자는 태연했다.

태연하다는 것은 대단한 실력자이거나, 아니면 정신이 상당히 먼 곳으로 외출했거나 둘 중 하나다.

딕스는 사내의 눈을 직시했다.

눈은 마음의 창.

'미친놈은 아닌데.'

마인 노도의 악명은 나날이 부풀어 올랐다.

자고로 소문처럼 살이 빨리 붙는 것도 없다.

딕스의 악명은 엄청난 속도로 사람들 사이에 전파되었다.

세 살 먹은 아이도 그의 이름을 들으면 깜짝 놀라 울음을 멈춘다는 이야기가 우스갯소리처럼 나돌 정도였다.

빨라도 너무 빠른 소문.

왠지 인위적인 냄새가 짙게 풍긴다.

"하기에. 나의 이름이다. 노도, 아니, 딕스 백작 나리."

쿠웅!

하늘에서 떨어진 돌을 맞아본 적이 있는가.

세상은 이 돌을 유성이라고 한다.

딕스는 지금 그 유성을 정통으로 맞은 기분이었다.

'이놈… 뭐지?

이 순간 딕스는 진심에서 우러나오는 살심을 느꼈다.

자신의 정체가 발각당하면 일은 걷잡을 수 없이 커지기에.

제8장

발등에 떨어진 불!

2월은 겨울의 끄트머리다.

그 끄트머리의 날씨는 오히려 더욱더 춥다.

이름만 들었다.

하기에.

참으로 괴상한 이름이다.

그 생김만큼이나.

하지만 그 우습게 생긴 녀석은 결코 유쾌한 이야기를 딕스에게 전하지 않았다.

협박!

그건 명백한 협박이었다.

재수 없이 생긴 면상의 그 녀석은 이를 거래라고 했지만.

라틴 폰 야니스. 프레드릭 성에 있는 그를 죽여라. 그를 죽인
다면 너의 정체는 영원히 함구하겠다. 거부한다면… 백작의 삶
내내 가장 후회스러운 일이 바로 오늘이었음을 기억하게 해주겠
다. 그리고 이 일은 우리들의 비밀. 단 한 명이라도 이 사실을 안
다면 그땐 온 대륙이 마인 노도가 뮬 공국의 딕스 백작이었음을
알게 할 것이다. 그럼 즐거운 여행이 되길.

딕스는 일단 놈의 요구대로 프레드릭 성을 향해 남하 중에
있었다.

신경이 예민해져서인지 거치적거리는 자들에 대한 그의
손속은 그 어느 때보다 매섭고 잔인했다.

지금의 그를 보면 마인이라 불리어도 손색이 없을 정도다.

그때 룩센이 딕스를 찾아왔다.

"딕스."

겁도 없이 덤벼들던 자들이 있었다.

딕스는 그들을 모조리 죽여 대지의 거름으로 만들었다.

그 죽음의 현장에서 딕스와 룩센은 한 달여 만에 조우했다.

"늦었군."

딕스는 애써 목소리를 담담하게 만들려고 노력했다.

그 노력은 성과를 얻지 못했다.

룩센은 그에게서 깊은 불안감을 느꼈다.

그것은 살심과 뒤섞여서 끔찍한 모습을 하고 있었다.

"너에게 무슨 일이 있었던 거지?"

"그런 거 없다."

딕스가 말하고 싶지 않아 하자 룩센은 더 이상 이를 캐묻지 않았다.

"로코와 바르센이 너에게 당했더군."

제국에 들어와 상대했던 두 그림자 마법사.

딕스는 이제야 그들의 이름을 알게 되었지만 별다른 감흥은 일어나지 않았다.

당장 제 발등에 떨어진 협박이란 불이 너무 뜨거웠기 때문이다.

"갔던 일은 어찌 됐어?"

흔들리는 모습을 보이면 보나 마나 귀찮은 질문을 할 것이다.

딕스는 사전에 이를 차단하기 위해서 화제를 돌렸다.

룩센은 이를 알면서도 넘어가 주었다.

"한바탕 난리를 친 뒤 정보를 빼왔다. 여기 정보 장부다."

룩센의 손에서 딕스의 손으로 장부가 넘어왔다.

장부가 눈에 들어올 리 없는 딕스다.

하지만 안 볼 수도 없다.

협박과 별개로 천벽은 계속해 부숴야만 하기에.

두 사람은 자리를 옮겼다.

스류류류릉.

반투명한 열천의 막을 주위에 친 딕스는 장부를 살폈다.

천벽의 조직도와 그림자 마법사의 숫자와 그들의 신상 명세가 기록되어 있었다.

신상 명세라고 해 봐야 그리 상세한 것은 없다.

그저 그들의 능력에 관한 부분이 짧게 기술되어 있을 뿐이다.

뒷부분에는 군사기밀이 담겨 있었다.

겨우 한 달 만에 룩센은 제국의 특급 정보를 물고 왔다.

한마디로 그간 처먹은 와인 값을 톡톡히 한 것이다.

"수고 많았다."

"다시 묻지. 무슨 일이지? 지금의 너, 지나치게 너답지 않아."

이중 삼중으로 물의 척후를 내보내 근방에 사람이 없음을 재차 확인한 딕스. 그는 하기에의 협박을 순순히 따라줄 용의가 없었다.

한 번 들어주면 두 번, 세 번을 들어줘야 한다.

이건 약점을 쥔 자들의 심리다.

이 고리는 초기에 끊어야 한다.

듣는 귀가 없음을 확인한 이상 이 지저분한 동네에서 그나마 믿을 수 있는 녀석에게 그는 진실을 털어놓았다.

매우 불쾌한 어조로.

"누군가 나를 협박했다. 그 협박자가 내게 라틴 폰 야니스를 죽여 달라더군. 조건은 내 정체를 발설하지 않겠다는 것. 이걸로 내게 고삐를 씌울 심산인가 봐. 짜증스럽게도 그 협박에 당하지 않으면 안 될 상황이기도 하고."

"야니스가의 적자로군, 라틴이면."

"라틴이란 자를 아나?"

"그건 중요한 게 아니다. 너를 협박했다는 자. 그자에 대해 말해봐라."

딕스는 하기에의 독특한 인상에 대해서 설명했다.

룩센은 말없이 고개만 끄덕였다.

녀석이 무슨 생각을 하는지 예전에도 그랬지만 지금도 알지 못하는 딕스다.

하기에의 정보는 그의 외모와 이름이 전부다.

이 외에는 아는 게 없는 딕스다.

다만 한 가지 추측할 수 있는 건 라틴 폰 야니스를 죽여 달라는 점을 미루어 짐작건대 그와 원한이 있지 않을까 하는 정도다.

이런 소소한 정보로 이 넓은 제국 땅에서 하기에의 정체를 알아내는 일은 사실 불가능한 일이다.

이건 동에 번쩍 서에 번쩍하는 룩센도 어려우리라.

딕스는 그리 여겼다.

룩센이 하기에의 이름을 입안에서 차분히 굴린다.

"독특한 이름이군."

"가명이지 싶은데."

"아냐, 너의 이야기를 듣고 보니 자신감이 대단한 녀석이다. 그런 녀석이라면 제 이름은 바꾸지 않았을 것이다. 그리고 어린아이를 암살자로 쓴다는 것도. 음… 넌 놈의 요구대로 일단 프레드릭 성으로 가라. 난 하기에란 놈을 조사해 보겠다."

룩센이 자리를 털고 일어선다.

그 모습을 딕스는 그의 자신감으로 해석했다.

'룩센이 중요한 단서라도 발견한 게 아닐까?' 라는 생각을 했다.

아니, 희망을 녀석에게 걸었다.

술꾼 룩센에게 자신의 희망을 걸 날이 올 줄이야.

이래서 사람은 막말하며 사는 게 아닌가 보다.

몸을 돌린 룩센이 떠나기 전 딕스가 급히 물었다.

"단서라도 찾은 거야?"

"미심쩍은 부분이 있다, 확실한 것은 아니지만. 그럼 갔다 와서 이야기하자."

정보를 물어다 준 뒤 룩센은 다시 자취를 감춘다.

딕스를 협박한 자와 그자에게 혹시라도 있을지 모를 배후를 캐기 위해서.

제국으로 들어온 이후 이래저래 바쁜 룩센이다.

'대체 하기에란 놈… 뭐지? 라틴을 죽여 달라는 것으로 보아서는 그놈, 야니스 가문에 원한이 있는 것 같긴 한데. 휴우.'

생각하면 할수록 꼬이는 상황이다.

그래도 일단은 마인 노도로서의 일은 멈출 수 없었다.

저벅저벅.

휘이이이잉, 출렁.

마인 노도의 남하.

그간 그의 활동 지역과 사건의 수위가 경미해 제국은 그에 대한 대책을 강경하게 세우지 않았다.

그랬던 이들이 딕스가 중부에 들어서려 하자 그 즉시 중앙군을 움직여 그의 남하를 저지하기에 이르렀다.

강을 사이에 두고 딕스와 제국 중부군이 대치 중이다.

3천 명에 이르는 제국군.

이 부대를 지원하는 마법사와 기사들.

마인의 힘이 강성하더라도 이러한 조직적인 전력 앞에서는 그 실력을 발휘하기 힘들다.

일 대 삼천.

수만의 대군이 대회전을 앞둔 듯한 거대한 긴장감이 이곳에 감돈다.

인간의 기세에 놀란 강물은 크고 거센 파도를 일으키며 이리저리 몰려다녔다.

말이 3천이지 그들이 쭉 늘어서 있는 모습을 보노라면 그 기세에 주눅이 들어서 감히 쳐다보지도 못할 지경이다.

더욱이 그 3천 전부가 단 1인을 상대로 몰려와 있다.

그럼에도 전혀 위축되지 않는 1인, 딕스.

'엄청 왔군. 그냥 보내주면 안 되나. 흠.'

그 내심의 중얼거림엔 오직 귀찮음만 담겨 있을 뿐이다.

휘이이이이잉.

겨울의 강바람이라 그런지 더 차갑게 느껴진다.

바람에 묻은 물기가 피부나 옷에 닿으면 그 순간 얼어붙어 몸속으로 파고드는 기분이다.

맹렬한 추위 속에서의 싸움이라.

"마인 노도는 들어라! 더 이상의 남하는 불허한다."

맞은편 강변에서 굉굉한 목소리가 찬 겨울의 대기를 뚫고 딕스가 있는 곳까지 날아들었다.

딕스는 소리친 자를 보았다.

그 손엔 확성기가 보인다.

딕스에겐 그런 것이 없으니 이 협박에 대꾸할 방법이 없다.

물의 마법을 사용하면 좋겠으나 자신은 마인 노도로 여기 있는 것이기에 마법은 최대한 자제했다.

제국군 진영 앞. 물의 골렘이 보인다.

이곳의 지형지물을 효과적으로 이용할 수 있는 자는 당연 물의 마법사다.

지금 제국군 측에는 그 물의 마법사가 있었다.

'흠, 3서클쯤 되겠군.'

골렘 마법을 알아보는 방법은 간단하다.

그 골렘의 외형과 크기만 보면 안다.

이 얼마나 단순하고 명확한가.

'하나가 아니었나?'

3서클 골렘 옆에 그 반만 한 크기의 1서클 물의 골렘이 나 타났다.

두 골렘은 사이좋게 강물 위를 미끄러져 달리며 제 힘을 과 시하고 있었다.

딕스의 눈엔 그저 가소롭기만 하다.

반면 저 두 골렘의 등장 이후 제국군의 사기는 하늘을 꿰뚫 고 올라갈 지경이다.

골렘 두 기를 동시에 보는 일은 쉽지 않다.

이건 딕스 입장에서도 장관이었다.

그러나 이것이 전부다.

천벽은 딕스에게 두 명의 그림자 마법사를 잃게 되자 그 행 동이 무척이나 신중해졌다.

그들의 그 신중함이 영 못마땅한 딕스다.

"가볼까."

제국군은 강물이 자신들의 훌륭한 방패막이가 되어줄 것이라 믿고 있다.

딕스는 그 허를 찌르고 들어갔다.

두 개의 거대한 물의 검이 빠른 속도로 날아간다.

두 골렘은 각자 방패를 형상해 충격에 대비했다.

하지만 녀석들이 만든 물의 방패는 딕스가 날린 물의 검을 막지 못했다.

양측의 힘의 격차가 너무 컸기 때문이다.

콰지지직, 펑펑!

물의 골렘이 폭발하면서 굵직한 백색의 포말이 솟구쳤다.

백색의 그 기둥이 허공에서 부서지며 사방으로 흩어졌다.

제국군의 시선이 여기에 사로잡혀 있는 동안 딕스는 이미 상륙해 물의 검을 휘두르고 있었다.

물론 그가 잡고 휘두르지 않는다.

원거리에서 이를 조종할 뿐이다.

"크아아아아아─악!"

"컥!"

"방패병! 방패병! 전방… 컥!"

전투 교본에 충실한 장교가 뒤로 물러서고 있던 방패 부대에 진군을 명했다.

하지만 딕스의 물의 검은 강철 방패도 견딜 수 없는 거력을 담고 있었다.

방패는 빅살 니지 않겠지만 이를 쥔 인간의 육신은… 글쎄다.

곧 그 '글쎄'가 어떤 결말을 낳는지 보여준다.

물의 검이 제국의 마법사를 향해 쏘아졌다.

이를 본 기사가 두꺼운 방패를 쥐고 튀어 나가 물의 검을 막았다.

콰아아아아앙!

귀청을 먹먹하게 만드는 굉음이 터졌다.

마법사를 보호하기 위해 뛰어들었던 기사의 육신은 뒤로 쭉 밀려갔다.

그 기사가 밀린 곳의 지면엔 두 개의 깊은 고랑이 파여 있었다.

쭉 밀려갔다가 겨우 멈춘 기사의 다리는 허벅지까지 땅속에 들어가 있다.

기사가 든 방패는 몸 쪽으로 움푹 들어가 있었다.

울컥.

푸하확!

기사의 입에서 굵은 핏줄기가 앞으로 튀어나왔다.

그 얼굴은 창백하게 질려서 푸들푸들 떨고 있었다.

마나를 다루는 기사가 이 지경인데 일반 병사가 이를 막았다간 체내가 붕괴되어 즉사할 것이다.

"기사들은 마인을 상대하라! 기마병은 마법사를 후방으로 호송하라!"

평소의 훈련이 위기 상황에서 빛나는 법이다.

지금 제국군의 움직임은 초반 딕스의 가공할 능력에 위축되었다가 지휘부의 재빠른 대처로 그 조직력이 빠르게 되살아나고 있었다.

궁병의 활대가 휘어진다.

투창병의 팔뚝에 시퍼런 힘줄이 불끈불끈 솟는다.

물러섰던 건장한 방패병들이 이들의 전방을 책임진다.

그렇게 단단한 병진을 갖춘 제국군.

딕스의 측면을 노리고 은밀히 이동하는 제국의 기사들.

"공격!"

수백 개의 화살이 쏟아지는 장면은 마치 시커먼 비가 내린다면 저러지 않을까 싶다.

쐐애애애애액!

딕스는 물의 검을 펼쳐서 허공에 막을 만들었다.

소드마스터의 궁극의 기술 중 하나가 전 방위 실드다.

한때 파울의 이 기술 때문에 딕스는 그를 건드려 보지도 못한 채 도망 다니기에 급급했었다.

그런데 지금 소드마스터의 비기인 그 전 방위 실드가 딕스에 의해 펼쳐지고 있었다.

마법사인 그의 손에서.

팅팅팅팅팅—!

모든 화살이 물의 방패에 차단당했다.

마인 노도가 마법사인지, 아니면 검사인지 도무지 그의 정체를 감조차 잡지 못하는 제국군이다.

병사들이 딕스의 눈길을 끌어준 그 시간, 기사들이 그의 측면을 공격했다.

"이미 알고 있다!"

딕스의 눈은 분명 두 개뿐이다.

그러나 그에겐 이것 외에도 하나의 눈이 더 있다.

그것은 물의 척후!

이 전장의 구석구석은 이미 물의 척후가 완벽하게 파악하고 있었다.

지형과 지물과 환경에 전혀 구애받지 않고 활동하는 놀라운 정보꾼.

그 정보를 토대로 상황에 맞춰 대응하기만 해도 절대 패할 리 없는 싸움을 해나갈 수 있다.

그 하나하나의 정보가 딕스의 손에 들어가는 그 순간, 그의 적은 죽음을 결코 피할 수 없다.

제국의 익스퍼트 기사들은 신속했고, 상황 판단은 정확했다.

만약 딕스에게 물의 척후가 없었다면 이들을 파악하기란 사실 불가능했을 것이다.

그러나 그건 어디까지나 만약일 뿐 현실은 이 전장에서 딕스를 압도적인 우위에 올려놓았다.

슈차아아앙!

물의 검이 지면에서 매섭게 솟구쳤다.

딕스를 잡았다고 생각했던 기사들이 크게 놀라 반사적으로 회피 동작을 취한다.

어떤 기사는 물의 검과 자신의 오러 검을 부딪치기도 했다.

물의 검과 오러 검.

승부는 물의 검의 압승.

"커헉!"

기사의 오러 검이 파괴당했다.

그 주인의 얼굴 역시 패배의 책임을 지고서 처참하게 터져나갔다.

뇌수와 피가 사방으로 비산하는 그 틈을 비집고 물의 검이 독사처럼 민활하게 움직인다.

하나둘, 기사들의 비명이 딕스의 주변을 일시에 가득 채운다.

이러한 잔혹한 죽음의 행진곡은 곧 강바람과 함께 사라졌다.

기사들의 시체를 뒤로한 채 딕스는 제국군 본진을 향해 저벅저벅 걸어나갔다.

때마침 불어온 바람이 그의 로브 자락을 불꽃처럼 일렁이게 한다.

파드드드득.

"마, 말도 안 돼! 어떻게 익스퍼트 기사 여덟을 1분도 안 돼서……!"

제국군 지휘관은 그 자리에서 얼어붙었다.

회심의 한 수라 여겼던 기사들의 기습이 실패로 돌아갔기 때문이다.

이제 마인 노도를 상대할 방법은 희생을 각오한 인해전술로 놈의 체력과 마나를 고갈시키는 것뿐이다.

지휘관은 최악의 명령을 내려야 하는 자신의 처지에 슬픔을 느꼈다.

인간적인 감성을 내세우기엔 이곳은 전장, 지독하게 차가운 세상이었다.

"진격하라! 물러서지 마라!"

지휘관의 비장한 외침이 강변에 울려 퍼진다.

삼천 대 일.

이는 상식적으로 말도 안 되는 싸움이다.

그러나 이 전투의 결과는 일방의 압도적인 우세로 끝이 났다.

제국에 등장한 마인 중에서 제국군과 지금처럼 정면으로 충돌한 예는 백 년 이래 단 세 번!

그 결과는 조직력을 앞세운 제국군의 승리였다.

한데 그 무패의 기록이 마인 노도에 의해서 처절하게 깨지고 말았다.

그는 홀로 두 명의 마법사를 격퇴시켰고, 아홉 명의 익스퍼트 기사를 죽였으며, 3천의 병사 중 그 절반을 전사시켰다.

제국에 있어 이는 비극적인 끔찍한 사건이었다.

이 전투로 말미암아 마인 노도는 제국 역사상 최강의 마인으로 등극했다.

저벅저벅.

그의 전설은, 무패의 행진은 아직 끝나지 않았다.

휘이이이이이—잉!

돌파… 돌파… 돌파!

마인 노도의 남행은 멈추지 않았다.

이대로 두었다가는 황제의 궁까지 진격할 기세다.

신중하게 노도를 처리하려 했던 천벽은 딕스의 발작과도 같은 거친 이 행보에 어쩔 수 없이 나서야만 했다.

클라우드 폰 야니스.

오직 이 청년만이 딕스의 행보에 조용히 미소와 박수를 보내고 있었다.

그러나 클라우드도 하나 알지 못하는 게 있었으니 딕스가 마인 노도로서 내보이는 실력이 그의 전부가 아니라는 점이었다.

천벽에서 4인의 그림자 마법사가 출동했다.

이는 매우 이례적인 경우였다.

바람의 아우서, 물의 이그로, 땅의 아쉬, 불의 이란트.

천벽이 노도의 척살을 위해 파견한 그림자 마법사들이었다.

북진하는 자들과 남진하는 자!

그들의 충돌 예상 지점은…

"프레드릭 성입니다."

탁자 위에 펼쳐진 지도의 한 부분을 지휘봉으로 콕 짚으며 클라우드는 확고부동한 어조로 말했다.

회의에 참석한 자들 대부분이 그의 견해에 부정적인 반응을 보인다.

상석의 벽주가 상체를 앞쪽으로 기울였다.

그 작은 행동 하나에 장내의 분위기는 단숨에 일신됐다.

벽주는 클라우드가 확신하며 짚은 프레드릭 성을 유심히 보다가 입가에 의미를 알 수 없는 미소를 지었다.

이는 매우 느리게 사라졌지만 그 누구도 벽주의 그 미소를 보지 못했다.

이 자리에서 그의 얼굴을 바라볼 수 있는 자, 아무도 없었기에.

"프레드릭 성이라……."

이곳이 벽주에게 특별한 의미라도 있는 것일까?

그는 좌중의 시선에도 아랑곳하지 않고 이 지명만 입속에서 여러 번 굴렸다.

이 모습을 주의 깊게 바라보는 유일한 한 쌍의 눈길.

그 눈의 주인을 향해 벽주가 무게감 넘치는 음성으로 말했다.

"클라우드."

"예, 벽주님."

"너의 직관이 맞는다면 내 너에게 상을 내리마. 그 상은 너를 충족시킬 것이다."

마음을 꿰뚫어 보는 듯한 벽주의 무심한 눈동자.

그것은 차가운 듯하면서도 따뜻했고, 따뜻한 듯하다가도 순간 세상을 모조리 물어뜯어 버릴 듯 성난 야수의 불타는 눈동자가 되었다.

세상 그 누구도 겁내지 않는 클라우드. 그가 유일하게 꺼림칙하게 여기는 인물이 바로 저 벽주였다.

그리고 또 한 사람.

자신을 바라보는 벽주의 시선에 클라우드는 약간 당황한 표정으로 즉시 감사의 인사를 전했다.

"감사합니다, 벽주님."

"인사는 이르다. 척살단에 연락을 취해라. 목적지는… 프레드릭 성이다."

천벽의 회의에서 프레드릭 성이 거론되는 그 시간.

서걱.

"크악!"

"컥!"

"아악!"

룩센의 단검이 가차 없는 혈광을 토하고 있었다.

빛이 번뜩일 때마다 생명의 불꽃들이 일시에 꺼져 버렸다.

단순하지만 절대 피할 수 없는 단검의 효율적 동선.

털썩, 털썩.

룩센이 지나온 길마다 너저분하게 버려진 쓰레기처럼 사람들의 시신이 그리 흩어져 있었다.

시신에서 흘러나오는 피는 점점 불어났다.

어느새 긴 그 길의 막다른 곳에 룩센은 서 있었다.

룩센의 전신에서 흐르는 것은 학살자의 잔인함이나 난폭함이 아니었다.

그것은 마치 텅 빈 허공 같았다.

"사, 살려주세요."

공포에 질린 십 대 후반의 소녀가 온몸을 바들바들 떨며 룩센에게 목숨을 구걸하고 있었다.

룩센에게선 그녀에 대한 일말의 연민도 찾아볼 수 없었다.

세상에서 그가 유일하게 친절을 보이는 인물은 단 한 명뿐이다.

그 외의 인간은 룩센에게 가치가 없었다.

이 소녀 역시 그에겐 그러했다.

"하기에는?"

룩센은 지금의 이 질문을 혈로를 걸어오는 내내 차분한 어조로 반복했다.

그도 이 질문을 반복하고 싶은 마음은 없었다.

질문에 대한 답만 들었다면 이 막다른 곳까지 결코 오지 않았을 것이다.

"모, 몰라요. 그런 사람 정말 몰라요. 진짜예요. 살려주세요. 제발. 흑흑."

소녀의 목소리는 애절했으며, 목소리와 표정과 몸짓은 매우 진실했으며, 삶에 대한 집착은 간절해 보였다.

그 어떤 남자라도 지금 저 소녀의 부탁을 거절하지 못하리라.

미모의 출중함이 가히 압도적이기에.

여기에 덧붙여 살짝살짝 풍기는 이 냄새는 남자를 흥분에 빠뜨린다는 최음제다.

소녀는 교묘한 방법으로 남자를 유혹하는 다양한 수법을 이 상황에서도 끊임없이 사용하고 있었다.

하지만 그녀의 상대는 룩센이다.

룩센을 낚으려면 최음제보단 1천 골드짜리 와인 한 병을 던져 주는 게 효과가 더 클 것이다.

"넌 알고 있다. 저들도 알고 있었다."

소녀는 자신이 흘린 최음제가 아직 효과를 발휘하지 못하자 룩센이 굉장히 둔한 남자라는 생각을 했다.

그렇다면 시각적인 효과를 첨가하는 것도 한 방법이리라.

몸을 살짝 비튼 소녀의 옷이 스르륵 아래로 흘러내린다.

뽀얗고 둥근 어깨가 드러났고 가슴골이 노출됐다.

또한 다리를 오므리는 동작에서 팽팽하고 미끈한 제 허벅지를 드러냈다.

소녀는 그가 음욕에 빠져 자신을 덮칠 것이라고 확신했다.

그녀가 받은 교육이 그랬고 지난 세월 완수한 임무의 성공 이유가 여기에 있었기 때문이다.

"사, 살려주세요. 흐윽. 흑흑흑."

"헛짓 자꾸 하면… 너의 가죽을 벗기겠다. 그리고 네 살과 뼈를 발끝부터 천천히 분리시킬 것이다. 나는 진실한 사람이다."

소녀는 자신의 수법이 통하지 않자 이를 악물며 최후의 일격을 룩센에게 날렸다.

손바닥만 한 작은 단검.

그 단검의 끝이 룩센의 목을 노리고 정확히 짓쳐 들었다.

'됐다!'

소녀의 단검이 룩센의 목을 관통했다.

분명 그리 보였건만 중요한 무언가가 이 상황에서 빠져 있었다.

그것은 소녀에게 익숙했던 감촉이었다.

그것이 없었다.

이해할 수 없는 이 현상에 소녀는 처음으로 진정이 우러나는 당혹감을 드러냈다.

퍼억!

"아악!"

좀 전까지 서 있던 장소가 아닌 소녀의 뒤에 룩센이 나타났다.

그는 곧장 소녀의 머리채를 휘어잡아 뒤로 확 당겼다.

곧 그는 소녀의 오금을 때려서 꿇어앉혔다.

서걱!

단검을 쥔 소녀의 팔목은 룩센의 단검에 의해서 팔에서 분리되어 저만치 나가떨어졌다.

챙그랑.

단단한 바닥과 금속이 만나는 소리. 그리고 뒤이어 터지는 처참한 비명.

"아아아아아아아아—악!"

"분명 말했을 것이다. 난 진실한 사람이라고."

소녀의 비명은 이제부터가 시작이었다.

소녀는 생으로 가죽이 벗겨졌다.

너무 고통스러웠지만 어찌 된 일인지 기절할 수도 없고, 죽을 수도 없었다.

"하기에는?"

룩센이 담담한 어조로 몸부림치는 소녀에게 물었다.

"으으으으으으."

"두 번째 단계를 시작하겠다. 지금보다 조금 더 아플 것이다."

룩센은 소녀의 발가락부터 뼈와 살을 분리했다.

진지하게.

"아아아아아아아아아아―악!"

소녀가 할 수 있는 일은 오직 비명을 내지르는 것뿐이다.

이는 룩센이 원하던 소리가 아니었다.

그랬기에 그는 자신의 말을 성실하게 지켜 나갔다.

소녀의 다리 한쪽은 완전히 뼈와 살이 분리되어 끔찍한 모습으로 너덜거렸다.

정신이 반쯤 나간 소녀는 게거품을 뿜어 올렸다.

"출혈사할 염려는 없으니 걱정 마라. 나는… 약속을 지킨다."

"끄어아아아악! 마, 말해! 말할 테니까. 죽여줘. 이 고통에서 벗어나게 해줘!"

"듣겠다."

"프레드릭… 프레드릭 성에 있어! 납치한 여자랑!"

"납치?"

이 생소한 단어는 룩센이 원하던 답이 아니었다.

하지만 이 단어의 숨은 의미를 듣지 않을 수 없다.

이 속에 무언가 엄청난 것이 숨어 있을 것 같아서였다.

"레이첼, 레이첼이란 이름의 여자야."

쿠우웅!

하늘이 무너져도 꿈쩍하지 않을 룩센이다.

한데 소녀의 입에서 나온 그 이름 앞에서는 그런 그조차 무너지고 말았다.

"너희는 정말 하지 말아야 할 짓을 저질렀구나."

"죽, 죽여줘… 제발! 끄으으으. 꺼꺼꺽! 흐억, 아파… 너무 아… 파……."

아주 느리게 온몸이 새빨간 고깃덩어리가 되어버린 소녀는 애벌레처럼 꿈틀거렸다.

그것은 몸부림이었다.

이것이 그녀가 할 수 있는 행위의 전부였다.

냉정한 룩센의 단검은 고통에 몸부림치는 소녀의 목을 스치듯 훑고 지나갔다.

그렇게 소녀는 고통에서 영원히 해방되었고, 룩센은 꺼지듯 그 자리에서 자취를 감추었다.

스팟!

제 몸에 큰 무리가 발생할 것을 각오하면서 그는 장거리 공간 질주를 했다.

"노도! 노도가 나타났다!"

땡때땡땡!

두두두두두.

"성문을 닫아라! 성문을 닫아!"

끼이이익, 쿵!

경종이 도시 구석구석 파고든다.

각 성문의 경비병들이 오랫동안 닫지 않았던 성문을 닫느라 부산하게 움직였다.

움직이는 모든 것들, 감정을 가진 모든 이들이 이 순간 잔뜩 긴장하고 있었다.

궁병들이 성벽으로 바삐 올라가 시위에 화살을 메겼다.

제국 역사상 제국 내륙의 성이 이처럼 긴급 전투태세를 갖추기는 이번이 처음이었다.

침략? 남의 나라, 약소국이나 할 걱정이라 여겼던 제국의 오만한 콧대가 단 1인에 의해 그리 뭉개지고 있었다.

"마법사는 왜 안 오는 거야?"

상대는 마인.

마법사와 기사가 아니고는 대적할 자가 없다.

아니면 고전적인 자기희생 방법의 전략인 인해전술뿐이다.

하나 그 누가 제 목숨을 초개처럼 여기고 불구덩이 같은 마인의 품으로 날아들겠는가.

백에 하나? 아니, 천에 하나만 있어도 놀라운 일일 것이다.

젊은 장교의 얼굴에 깔린 긴장감.

베테랑 병사의 얼굴이나, 신병이나 모두 같은 얼굴로 오직 한곳만 뚫어지게 바라본다.

이곳은 중부의 도시 아르노아.

부르르.

차가운 바람이 성벽을 할퀸다.

그 바람에 다들 온몸을 떨며 얼어가는 제 손을 본다.

옷 밖으로 노출된 살갗은 터져 버릴 듯하다.

맹렬한 추위.

하지만 이도 살아 있는 자들이나 느낄 수 있는 감각이다.

두근두근.

끼이이이익.

"1호기 마폭탄 장착 완료!"

"2호기 마폭탄 장착 완료!"

3호기, 4호기… 8호기…

생소한 이름, 마폭탄.

이 이름에서 이것의 위력을 잠깐 엿볼 수 있다. 폭탄!

마도 학문은 오래전에 대륙에 안착했다.

일상생활 전반에 마도 학문이 끼친 영향은 참으로 지대하다.

마도 학문이란 신비의 물질인 마광석과 마흑석을 마도진을 이용해 그 힘을 끌어내는 실용 학문을 말함이다.

이 학문을 통해 세상은 어둠을 쫓아낼 수 있었고 추위와 더위에서 자유로울 수 있었다.

그 외에도 생산과 운송과 건축 전반에 걸쳐서 활용됐다.

이런 신비롭고 놀라운 학문, 그것이 꼭 일상생활에서만 쓰이란 법은 없다.

인간은 투쟁하는 종족이다.

집단과 집단이 서로의 이익을 위해 치열하게 경쟁하는 구조를 갖추고 있다.

그러다 보니 자신들의 힘이 될 수 있는 것들에 대한 연구가 어찌 소홀하겠는가.

더욱이 이곳은 제국. 마도 학문이 가장 먼저 꽃을 피운 대륙의 요람이다.

마폭 병과의 병사들이 마폭탄이 장착된 발리스타의 발사 준비가 끝났음을 알린다.

이제 도시는 사용 가능한 모든 무력을 단 1인을 대적하기 위해서 집결시켰다.

휘이이이이잉.

흙먼지가 대지를 쓸고 다니는 지평선.

마인 노도가 로브를 나부끼며 그곳에서 등장했다.

그 순간 도시는 마른침을 꿀꺽 삼킨다.

"환댄가?"

자신을 발견한 자들이 줄행랑을 치는 것을 딕스는 보았다.

일상다반사랄까? 거기엔 군인도 있고, 민간인도 있었다.

그들은 제 다리와, 혹은 말과 혼연일체가 되어 사력을 다해

달렸고 모두 저 성곽도시로 꾸역꾸역 들어갔다.

딕스는 이들을 중간에 저지할 수도 있었지만 내버려 두었다.

저 굳게 닫힌 성문 따위 그에겐 문제 될 것도 없었다.

적의 화살? 그것도 가소롭다.

도시를 감싼 저 위풍당당한 성벽 역시 마찬가지다.

과거엔 돌을 깎아 모양을 만들어 벽을 쌓았다.

물론 그러한 성벽이 현대에 아예 없는 것은 아니다.

매우 부유한 자들, 혹은 재력이 넘치는 영주들이 과거의 기술을 이용해 담장이나 성벽을 옛 방식으로 만들기도 한다.

이는 과시하기 좋아하는 자들에겐 트로피 같은 것이라고 보면 된다.

진짜 부유층만 그리하니 말이다.

하지만 저기 보이는 도시 아르노아를 감싼 성벽은 현 인류의 건축술을 크게 발전시킨 시멘트 구조물이다.

저것은 왠지 멋이 없다고 해야 할까? 뭐, 건축비의 절감과 완공 시간의 절약이 있으니 경제적으로 따지면 저만 한 것도 없다.

"양념 떨어졌는데. 흠."

협박을 받는 처지에도 제 식성의 품격을 유지하기 위해서 양념을 찾는 딕스다.

그냥 '양념 좀 주면 안 들어가지!' 라고 해볼까?

그는 곧 이 생각에 피식거렸다.

마인 노도의 탈을 쓰고 있는 자신이 대중에 어떻게 보이는지 딕스 역시 알고 있다.

그들의 시선이 공포로 물들 수밖에 없는 일들을 행하기도 했다.

하지만 먼저 덤볐기에 확실히 밟아줬을 뿐이다.

덤비지 않거나, 도망가는 자들은 인정상 놓아주었다.

한데도 소문은 자신이 마치 살인에 굶주린 몬스터라는 듯이 퍼져 나가고 있었다.

마인 노도의 눈에 띄면 모두 죽는다!

딕스 입장에선 참으로, 기가 막힐 노릇이다.

아직 그렇게까지 미치지는 않았는데.

한자리에서 움직이지 않는 딕스로 인해 도시 아르노아의 수비군은 어찌해야 할지 갈피를 잡지 못했다.

노도의 하는 모양새가 도시를 노리는 것 같기도 하고 그냥 지나쳐 갈 것 같기도 해서였다.

잘못 건드리면 도시가 전장이 될 테니 이곳을 지켜야 할 수비군 사령관으로서는 당연 신중할 수밖에 없었다.

그때였다, 고민에 잠긴 사령관의 얼굴을 일그러뜨리게 만든 사건이 발생한 것은.

쒜애애액!

어느 신병이 긴장감을 못 이겨서 그만 화살이 메겨진 시위를 놓치고 말았다.

그 순간 신병은 주변의 따가운 눈총을 받았다.

아니, 따갑다는 말이 무색할 만큼 적대적인 흉흉한 살기가 가득한 눈빛을 받고 말았다.

창백하게 질린 신병은 그저 부들부들 떨며 눈물을 펑펑 쏟는다.

"시, 실습니다. 소, 손이 얼어서… 죄송합니다. 죄송합니다. 정말… 흐어엉엉엉엉."

"딕스, 이 개놈의 새끼. 너 이 일 끝나고 보자!"

"빠드득!"

고참들의 거센 비난이 신병 딕스에게로 쏟아진다.

지금은 이 겁먹은 신병에게 화낼 상황이 아니다.

모두가 잔뜩 굳은 얼굴로 날아가는 화살을 뚫어져라 본다.

대기를 가르고 날아간 화살이 제발 노도를 자극하지 않기만을, 그를 벗어나 아주아주 멀찍이 떨어지기만을 그렇게 합심해 간절히 기도했다.

이 신병은 신궁의 자질이라도 있었던 것일까? 화살은 놀랍게도 딕스의 발치 앞에 섬뜩한 소리와 함께 틀어박혔다.

조금만 더 앞으로 나갔다면 그의 발등을 꿰뚫었을 것이다.

퍼억!

"어? 이, 이건 뭐지?"

물의 척후는 물체를 인식 못 한다.

당연히 화살이 뭔지도 모른다.

녀석의 분별력은 인간, 동물, 몬스터에 국한되어 있다.

딕스는 진정 깜짝 놀랐다.

눈먼 화살에 방금 맞아 죽을 뻔했기 때문이다.

주르르.

식은땀이 그의 등줄기를 타고 흘러내린다.

'역시 방심은 금물이야.'

자신을 향해 날아온 이 화살 한 대의 의미를 어찌 받아들일까?

이는 결코 우호적인 대접이 아니다.

비우호에는 그에 합당한 답을 해야 하는 법.

아르노아 시를 우회하려 했던 딕스는 그 생각을 바꾸었다.

물론 도시를 피로 물들일 생각은 없었다.

자신이 피에 굶주린 몬스터도 아니고.

저벅저벅.

멈춰 선 채 가만히 도시를 바라보기만 하던 딕스가 자신들을 향해 걸음을 옮기자 성벽의 병사들이 일제히 인상을 와락 구겼다.

피할 수 없는 전투다.

당연한 생각이다.

"전투태세! 전투태세를 갖춰라! 마폭탄 부대는 명령이 떨어질 때까지 현 상태를 유지하라!"

마인 노도.

그 이름이 전하는 무게감에 그렇게 도시는 숨을 죽이며 준비한 칼을 빼 든다.

그렇게 양측이 서로를 타격할 사거리에 도착했을 때…

"발포!"

바람결에 들려오는 이 소리, 발포.

딕스는 저들이 화살을 날릴 것이라고 생각했다.

경계심을 가진 자신에게 화살이라니. 딕스는 피식거렸다.

곧이어 들려오는 천둥 같은 소리에 이것이 보통 화살이 아님을 직감했다.

그 직감과 동시에 마폭탄이 장착된 제국의 신형 무기가 그를 향해 쇄도했다.

이는 피하고 자시고 할 틈이 없었다.

딕스는 물의 검력을 방어에 집중했다.

'이건 뭐야?'

불길한 느낌이 딕스의 뇌리를 스쳤다.

그리고 그의 불길한 느낌은…

콰아아아아아앙!

화르르륵!

마폭탄이 떨어진 사방 20미터는 불바다가 되어버렸다.

인간의 육신 따위 순식간에 재로 만들어 버릴 가공할 위력의 화력이었다.

아르노아의 수비군 역시 신형 무기의 위력을 처음 보는 것이라 다들 얼이 빠져 버렸다.

불길과 먼지가 사라지는 데 꽤 오랜 시간이 흘렀다.

지글지글.

한겨울 추위도 마폭탄의 위력에 저만치 달아나 벌벌거린다.

인간의 상상력과 노력의 결실.

그 위험한 결실의 결과가 모두의 눈앞에 드러났다.

지표면이 자글거리며 끓고 있다.

그리고 그곳.

"헉!"

"아, 안 죽었어!"

"저, 저건 악마야! 지옥에서 올라온 악마! 으으으."

"어떻게 저 상황에서……."

물의 검력을 방어에 총동원한 딕스.

그가 펼친 반구의 방어막이 하얀 수증기를 거칠게 내뿜고
있었다.

츄아아아아.

엄청난 파괴력을 자랑했던 마폭탄이다.

언덕 하나쯤은 순식간에 날려 버릴 끔찍한 위력이었다.

그 위력을 고스란히 받은 딕스는 죽지 않았다.

그렇다고 멀쩡한 것도 아니다.

내상!

마폭탄의 존재를 모르고 이를 정면으로 받아버린 딕스는

지금 심한 내상과 청각의 이상 현상을 겪고 있었다.

겉으로 드러난 딕스의 모습은 멀쩡했다.

이는 마폭탄의 가공할 파괴력을 목격한 자들에겐 실로 극심한 두려움으로 다가왔다.

"뭣들 하느냐! 화살을 날려라. 화살을 날려! 마폭탄 부대는 재장전하라!"

아르노아의 장교들이 목소리를 높였다.

퉁퉁퉁퉁퉁!

성벽의 궁병들이 화살을 날렸다.

마폭탄 부대는 재장전에 들어갔다.

모두가 정신이 없었다.

놀라움에 넋 놓고 있으면 분명 노도가 모두를 죽일 것이기에 이들은 본능에 이끌려서 미친 듯이 움직였다.

딕스는 거대한 이명으로 인해 몸의 중심을 제대로 잡지 못했다. 내장은 달궈진 인두에 지져진 듯 몹시 아팠다.

이 상태론 전투는 고사하고 도망도 쉽지 않을 듯했다.

앞서의 충격으로 물의 검력은 형편없이 약화됐다.

다시 마폭탄이 날아온다면 물의 검은 더 이상 딕스를 보호하지 못할 것이다.

쐐애애애애액!

하늘을 새까맣게 뒤덮은 화살이 딕스에게 떨어졌다.

물의 검력이 온 힘을 다해 방어막을 펼쳤다.

콩 볶는 소리가 터졌다.

이 소리를 딕스는 듣지 못했다.

그의 청각은 아직도 정상을 찾지 못한 상태였다.

쿨럭!

딕스는 피를 토하며 주저앉았다.

쿨럭!

수도꼭지를 틀어놓은 듯 그의 입에선 피가 멈추지 않고 덩어리째 쏟아졌다.

붉은 피!

이를 바라보는 딕스의 두 눈에 핏발이 곤두섰다.

그에게서 저주와도 같은 분노성이 터져 나왔다.

"다… 죽여 버리겠다! 으야야야야얍!"

절체절명의 순간, 놀라운 일이 벌어졌다.

아르노아 성벽 일대의 인간들은 그의 분노성에 화답이라도 하듯… 놀랍게도 일제히 폭발했다.

갈가리 찢어진 내장과 몸체는 핏물과 함께 성벽 주변을 붉게 물들였다.

순식간에 발생한 일이다.

정적이 감돌았다.

비틀.

딕스는 몸을 일으켰다.

자신이 무엇을 했는지 그는 보이지도 않았고, 들리지도 않왔다.

오직 하나, 이곳을 벗어나야 한다는 본능만이 그를 지배하고 채찍질했다.

'크흑!'

아르노아의 비극이 마법 통신을 타고 퍼져 나갔다.

마인 노도를 막기 위해 출동한 아르노아의 수비군은 2천, 그리고 성벽 안쪽에 대기 중이던 병력 5천.

총 7천의 병사가 순식간에 몰살당했다.

단 한 구의 시신도 온전하지 않았다.

온통 핏물, 핏물, 핏물!

이곳을 찾은 자들은 이 풍경에 몸서리쳤다.

"아, 악마다, 노도는… 지옥에서 올라온 악마야!"

『딕스전기』 8권에 계속…

전혁 新무협 판타지 소설
FANTASTIC ORIENTAL HEROES

『월풍』, 『신궁전설』의 작가 전혁이 전하는
유쾌, 상쾌, 통쾌 스토리, 『왕후장상』!

문서 위조계의 기린아 기무결.
사기 쳐서 잘 먹고 잘살던 그에게 날벼락이 떨어졌다.
바로 녹슨 칼에서 나온 오천만 냥짜리 보물지도!

기무결에게 내려진 숙제,
오천만 냥을 찾아라!

그러나 꼬인 행보 끝 도착한 곳은 동창의 감옥이었으니……

"으아악! 이게 뭐야!! 무림맹이 왜 여기 있는 거야!"

천하제일거부를 향한 기무결의
끝없는 도전이 시작된다!

Book Publishing CHUNGEORAM

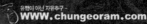

용마검전
FANTASY FRONTIER SPIRIT
김재한 판타지 장편 소설

「폭염의 용제」, 「성운을 먹는 자」의 작가 김재한!
또다시 새로운 신화를 완성하다!

『용마검전』

사악한 용마족의 왕 아테인을 쓰러뜨리고
용마전쟁을 끝낸 용사 아젤!

그러나 그 대가로 받은 것은 죽음에 이르는 저주.
아젤은 저주를 풀기 위해 기나긴 잠에 빠져든다.

그로부터 220년 후……

긴 잠에서 깨어난 아젤이 본 것은
인간과 용마족이 더불어 살아가는 새로운 세상이었다.

Book Publishing CHUNGEORAM

허담 新무협 판타지 소설

別

검은별

FANTASTIC ORIENTAL HEROES

하늘아래 모든 곳에 있고,
결코 사라지지 않는다.

세상은 그들을 멸시하지만,
세상의 모든 야망가가 은밀히 거래한다.

선과 악이 어우러지고,
어둠과 밝음이 서로를 의지하듯
세상의 빛 그 아래 존재하는 자들.

무수한 별이 빛을 잃어 어둠을 먹고사는
검은 별이 되어 살아가는,
그리하여 세상 모든 사람이 두려워하는…

그들은 유령문이다!

Book Publishing CHUNGEORAM

유행이 아닌 자유추구−
WWW. chungeoram.com

연재 사이트 베스트 1위!
어디에서도 볼 수 없었던 천재 의사가 온다!

『메디컬 환생』

언제나 실패만 거듭해 온 의사 진현,
그런 그에게 찾아온 인연의 끈이 있었으니.

"다시 삶을 살면… 어떤 삶을 살고 싶으신가요?"

다시 한 번 주어진 인생
이번엔 반드시 성공하리라!

Book Publishing CHUNGEORAM

유행이 아닌 자유추구 -
WWW. chungeoram.com